跟随小牧羊人一起追求幸福的生活!

快乐读书吧

欧洲民间故事

互联网+创新版
小学生课外阅读丛书

邱培成 编译

[俄罗斯] 维多利亚·佛米娜 等 绘

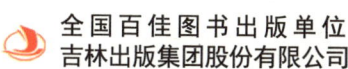
全国百佳图书出版单位
吉林出版集团股份有限公司

图书在版编目（CIP）数据

欧洲民间故事 / 邱培成编译. -- 长春：吉林出版集团股份有限公司, 2020.5
（互联网+创新版　语文新课标必读丛书）
ISBN 978-7-5581-8519-9

Ⅰ.①欧… Ⅱ.①邱… Ⅲ.①民间故事－作品集－欧洲 Ⅳ.①I507.3

中国版本图书馆CIP数据核字(2020)第064475号

欧洲民间故事
OUZHOU MINJIAN GUSHI

编　　译：	邱培成
插　　画：	［俄罗斯］维多利亚·佛米娜　等
主　　编：	顾振彪
责任编辑：	沈丽娟
封面设计：	小韩工作室
开　　本：	710mm×1000mm　1/16
字　　数：	200千字
印　　张：	10
版　　次：	2020年5月第1版
印　　次：	2020年5月第1次印刷
出　　版：	吉林出版集团股份有限公司
发　　行：	吉林出版集团外语教育有限公司
地　　址：	长春市福祉大路5788号龙腾国际大厦B座7层
电　　话：	总编办：0431-81629929
	数字部：0431-81629937
	发行部：0431-81629927　0431-81629921(Fax)
网　　址：	www.360hours.com
印　　刷：	天津泰宇印务有限公司

ISBN 978-7-5581-8519-9　　　　定价：26.80元
版权所有　侵权必究　　　　举报电话：0431-81629929

导读

每个孩子都喜欢听故事，也喜欢自己讲故事，而民间故事是所有故事中特别受孩子欢迎的一类。民间藏着最多的故事，有人在的地方总会有不同的故事。所以有人在民间，总会盛传着各种各样的民间故事。

什么是民间故事呢？美国人类学家威廉·巴斯康曾给出如下定义：没有人认为民间故事是真实或是神圣的。故事里的内容有没有真实发生，没有人去关心。民间故事可以是在任何时间、地点。也可以说没有时间、地点。有时候，它只是孩子们的故事，因为民间故事通常是动物或人的冒险。古典学者杰弗里·柯克也给出了差不多相同的答案：民间故事没有确定的形式，故事中的超自然成分是附属的，严肃类的想法在故事里不重要，重要的是有趣，吸引人听。

民间故事的对象是普通大众，只有通俗性、趣味性才能有助于故事的流传。

先谈谈欧洲民间故事的趣味性，故事中有许多是对英雄们的考验，故事主角们要经过重重磨难才能获得最终的胜利，打败邪恶的坏蛋们，成长为坚毅刚强的人，最终得到公主的爱，美丽女子的爱，大量的金子，权利等等。

书中《使公主发笑的长条子汤姆》就属于这类题材，公主从来不笑，所以国王宣告：谁能够使公主笑，谁就可以娶她，同时得到半个王国。很多人试过以后都失败了，一个大户人家的小儿子"长条子汤姆"也想去试一试，但他的爸爸和两个哥哥都取笑他，觉得他肯定不会成功。但是结果出人意料，公主被汤姆逗得捧腹大笑，汤姆得到了公主和一半国土，他们举

行了盛大的婚礼。汤姆用了什么方法，让公主那么开心呢？看完本书中的这个故事，你就知道答案了。从这个故事中也可以学到看人，看事情不能只看表面。比如水和水杯哪个更重要呢？有人觉得水杯更重要,水杯很贵,水很便宜，没有水杯不能装水。但是水杯不能维持人的生命。大部分人看哪个表面价值更高，华丽的包装，重视物质，忽略了最重要的内在。就好像汤姆的家人一点儿也不看好他，他的爸爸甚至说他什么都不知道。但是汤姆没有放弃，他有智慧和真诚善良的心。

通俗性也是欧洲民间故事的特点，民间故事的开头往往是：在很久很久以前，有一个国王……民间故事并不关心重大的问题，比如死亡不可避免之类，怎么取悦神灵。我们常看到的民间故事都是说家庭的，邪恶的皇后，痴呆的国王，恶毒的继母，坚强的公主，勇敢的王子，贫穷的渔夫等等。民间故事的主角们大都有着一个大众化的名字，像是杰克、汉斯、彼得，就跟我们中国的张三、李四、王二麻子一样，没有任何意义，只是一个称呼。

本书收录的《约翰不再吹牛了》就用一个简单的故事说明深刻的道理，通俗易懂。故事的主角是国王以及他的两个贴身仆人约翰和皮姆，约翰爱吹牛，总是对国王夸下海口，许下美丽的诺言。一次又一次碰壁，不能实现承诺后，他终于学会不轻易许诺，实话实说。孩子在读这个故事时，可以想一想为什么约翰喜欢吹牛呢？吹牛有什么不好的结果呢？自己是个爱吹牛的人吗？按此方法，不仅仅是看故事而已，还要沉思书中的内容和自己有什么关系，肯定会得到更多的益处。

民间故事文字朴实无华，却寓意深刻，给人以启迪。爱一个人的形式有很多种，无论如何，发自内心的真爱总是会牵动人心的。眼睛和心的重要性对每个人来说都不言而喻，水和盐看似平淡却同样不可缺少。愿每一个读此书的小朋友，大朋友都拥有一颗真诚的爱别人的心！

目录
CONTENTS

火炉里的罗西娜 …………………… 1
卡耐罗拉 …………………………… 7
贝琳达与丑妖怪 …………………… 13
林中睡美人 ………………………… 22
聪明的牧羊人 ……………………… 29
康恩·艾达的故事 ………………… 34
诺克格拉夫顿的传说 ……………… 41
仙女 ………………………………… 45
会下金蛋的螃蟹 …………………… 49
约翰尼·格洛克 …………………… 55
我还给您石块 ……………………… 63
熊和狗 ……………………………… 65
渔夫和神鸟 ………………………… 68
猫王 ………………………………… 71
圣诞袜的由来 ……………………… 75
水陆两用船 ………………………… 78

约翰不再吹牛了…………………………84

穷人的沉默…………………………………87

灰额猫、山羊和绵羊………………………89

有魔力的玫瑰花……………………………95

魔鬼的故事………………………………101

十三个强盗………………………………105

克里克塔…………………………………108

玛丽亚公主………………………………110

白熊国王瓦勒蒙…………………………115

使公主发笑的长条子汤姆………………122

争夺香肠…………………………………126

贪吃的蒂贝尔……………………………130

叶森格伦受骗……………………………134

丢尾巴的大灰狼…………………………138

叶森格伦敲钟……………………………141

白颊鸟梅赏枝识破诡计…………………144

乌鸦田斯令丢了奶酪……………………148

走近《欧洲民间故事》

欧洲民间故事的主要特点
- 故事来自民间
- 真实展现欧洲的人情风貌
- 符合欧洲本土文学特征

故事的基本要素
- 背景
- 人物
- 情节
- 主题

阅读故事的基本步骤
- 通读1~2遍，理解故事内容
- 回顾并总结故事的各项基本要素
- 提炼主旨，思考故事的深层含义

做好阅读札记
- 摘抄有文采的妙语、佳句、好段
- 记下对你有启发的名言、警句
- 在你感到疑惑的地方做好标记
- 在触动你的地方，记下你此时的感想
- 列表或画图归纳故事中的情节、人物关系和发展轨迹等

养成良好的阅读习惯
- 阅读前，制订清晰的阅读规划
- 贵在坚持，不可半途而废
- 每天抽出固定的时间进行阅读
- 学会利用工具书、互联网等解决阅读时遇到的难题

交流与分享
- 选出数篇故事，和伙伴一同阅读
- 和伙伴交流阅读感受
- 将你最喜欢的故事讲给身边的人听

火炉里的罗西娜

从前,有一个穷苦的年轻人,死了妻子,留下了一个漂亮可爱的女儿,名叫罗西娜。为了照顾孩子,他就续娶了第二个妻子,又生了一个女儿,名叫阿松达。两个女孩一起成长,一块上学,一同玩耍,倒也省心。可是,小女儿阿松达每次回到家,都是一肚子怨气。

有一次,阿松达对妈妈说:"以后,我再也不和罗西娜一起出去玩了,看到我们的人都夸她漂亮,长得像朵花,而且又有礼貌,却说我长得像块炭。"

"长得黑点又有什么关系呢?"妈妈安慰女儿说,"你出生时皮肤就有些黑,这也正是你的美丽所在呀。"

"您爱怎么想就怎么想,妈妈,"阿松达反驳道,"反正我是再也不会和罗西娜一起出去了。"

为了孩子,妈妈愿意献出自己的眼睛。看到被忌妒折磨的女儿,妈妈问她:"你想让我怎么办呢?"

阿松达说:"让她去放牛,再给她一磅麻让她纺线。晚上回来,牛要是没吃饱或是麻没纺好,您就打她。今天打她,明天打她,她就会变丑的。"

为了亲生女儿，妈妈屈服了。她吩咐罗西娜："以后不许再和阿松达一起玩了。你得去放牛，同时把这磅麻纺好。若是牛没吃饱或者麻没纺好，我会让你知道我的厉害，我可把丑话说在前面。"

罗西娜一听吓得说不出话来。她背着一捆麻，赶着牛出门了。路上，她不断地说："我亲爱的奶牛！我怎能既给你们割草，又纺完一大捆麻呢？得有人帮我才行啊。"

听完这番话，一头最老的奶牛望着她说："不用慌，罗西娜，你去给我们割草，我们来替你纺麻，只要你说：

"好奶牛啊好奶牛，

嘴巴纺啊纺，

犄角绕啊绕，

帮我快快缠线球。"

天黑了，罗西娜把喂饱的奶牛赶回牛圈。她头上顶着一筐草，胳膊下夹着足有一磅重的麻线团。阿松达的诡计没有得逞，简直气坏了，就又对妈妈说："明天您再叫她去放牛，给她两磅麻，要是纺不完，您就揍她。"

这一次，罗西娜又说：

"好奶牛啊好奶牛，

嘴巴纺啊纺，

犄角绕啊绕，

帮我快快缠线球。"

晚上，牛喂饱了，草割好了，两磅麻也纺完了。

"你到底动了什么手脚？"脸色发青的阿松达问，"一天能干这么多的活？"

"怎么说呢？"罗西娜对她说，"我只是遇上好人，我的奶牛们帮了我。"

阿松达对妈妈说："明天让罗西娜在家里干活，我去放牛，也给我些麻来纺。"妈妈答应了她。

第二天，阿松达赶着牛出门，不停地用棍子抽打它们。到了草地，她把麻挂在牛角上，奶牛们却一动不动。

"快纺线啊！为什么不纺？"阿松达生气了，便用棍子抽打它们。奶牛们开始晃动犄角，把麻搅得一团糟，直到成为一团麻絮。

有一天，阿松达对妈妈说："我想吃风铃草，晚上您让罗西娜到农民的田里去采一些。"

母亲吩咐罗西娜去采风铃草。罗西娜说："您让我去偷东西？这样做不好吧！再说，要是农民看见有人偷东西，会从窗口开枪的！"

后妈命令罗西娜说："你必须去，要不你就等着瞧吧！"

黑夜里，罗西娜出了家门。她翻过篱笆，到了农民的田地，没发现风铃草，却找到一个萝卜。她拔出萝卜，看见下面有个蟾蜍窝，里面趴着五只小蟾蜍。"多可爱的小蟾蜍啊！"她说着，爱抚地把它们放在膝上。一只蟾蜍不幸从她膝盖上摔下来，断了一条腿。"对不起，对不起，小蟾蜍，我不是故意的！"她赶忙说。

其他四只小蟾蜍见罗西娜这样有礼貌，便说："可爱的姑娘，我们要报答你的善良，你将成为世界上最漂亮的女孩，即便是阴天，你也会像太阳一样放射光芒。"

断腿的小蟾蜍却嘟囔着说："我可不觉得她有多好，是她不小心摔坏了我的腿！我要让她一见到阳光就变成蛇，只有钻进点燃的火炉,才能变回人。"

黑夜里,罗西娜的美丽散发着光芒,把周围照得如同白昼。继母和妒忌的妹妹都惊呆了。罗西娜向她们讲述了风铃草田里的经历,向继母请求说:"求求你们,以后千万不要让我见到太阳,否则我会变成蛇的。"

从此,在阳光灿烂的日子,罗西娜就把自己关在家里,只在太阳下山后或在多云时才出门。白天,她就坐在窗下,一边唱歌一边干活。人们能看到从那个窗子里射出的耀眼光芒。

一天,王子经过这里,发现了发光的窗子,看见了美丽的罗西娜。他走进了房门,他们互相认识了。罗西娜向他讲述了自己的遭遇和她身上的诅咒。

王子说:"你这样美丽的姑娘不应该生活在这里,我决定娶你为妻。"

她的继母插嘴道:"殿下,您可要当心哪!您要慎重考虑,她一见到阳光就会变成蛇的。"

"您不用担心,"王子说,"我觉得你们并不爱这个姑娘,我命令你们把她送进王宫,我会派来一辆全封闭的马车来接的。至于你们,不会再受穷了。再见!"

继母和阿松达不敢违抗王子的命令,心中却盘算着如何报复。马车到了,这是一辆老式马车,四面封闭,只有顶上有一个小孔。车后,一个士兵跟着守护,他的帽子上插着羽毛,腰上挂着剑。罗西娜走进马车,继母陪坐在身边。上车前,继母悄悄地对士兵说:"先生,如果您想要十个银币的小费,就请在太阳当头时,打开车顶上的小孔。"

"没问题,夫人,"士兵说,"一切听您吩咐。"

中午时分,阳光照在马车顶上,那个士兵猛地打开车顶上的小孔,一束阳光照在罗西娜的头上,她立刻变成了一条蛇,逃进了树林。

王子打开马车门,发现罗西娜不见了,便明白发生了什么事。他气愤地要杀了罗西娜的继母。经众人再三劝说,才慢慢恢复了平静,可是他仍然十分悲伤和失望。

这时候,厨师们早已备好了婚礼晚宴的东西,客人们也已经入席。虽然已经得知新娘失踪的消息,但他们既然来了,饭还是要吃的。厨师们开始工作,其中一个厨师把一捆刚从树林里捡来的木柴放进燃烧的火炉,忽然看到了其中有一条蛇,木材熊熊燃烧,要救蛇已经来不及了。突然,从火焰中走出一位少女,像玫瑰花一样艳丽,比火焰还要耀眼。厨师惊呆了,接着大嚷起来:"快来呀!快

来呀!火炉里出来了一位美丽的少女!"

听到喊声,王子立即跑进厨房,认出了那是罗西娜,把她紧紧抱在怀里。就这样,他们顺利地举行了婚礼。罗西娜从此过上了幸福的生活。

卡耐罗拉

从前,一位王后一直没有孩子,国王下了一道命令:

无论何人,若能提供方法让国王和王后有后代,则可以成为仅次于国王的富翁。如果办法不灵,就会被杀头。

命令下达后,人们出了许多主意,结果都因无效而被杀。

有一天,一位衣衫褴褛、胡子拉碴的老人对国王说:"陛下,您命人去捕一条海龙,取出龙心,让一个姑娘去煎煮。不过,她会因闻到煎煮龙心的味道受孕。王后吃了这颗龙心,也会怀孕,两个孩子将同时出世。"

对此,国王半信半疑,可为了有自己的孩子,他按老人的方法做了,结果煎煮龙心的姑娘,也就是厨娘闻到汤味怀孕了,王后吃了龙心也要做妈妈了。两个孩子同时出生,长得如同孪生兄弟。也在同一天,大桌子生了个小桌子,大钱箱生了个小钱箱,大衣柜生了个小衣柜,大床也生了个小床。

王子名叫埃米里奥,厨娘的儿子叫卡耐罗拉。他们一起长大,情同手足。小的时候,王后很喜爱这两个孩子。慢慢大了,王后为两个孩子不分彼此而不快,担心卡耐罗拉会变得比王子更聪明和幸运。

一天，王后向王子解释说，卡耐罗拉不是他的同胞兄弟，是厨娘的儿子，你们大了，要有点尊卑贵贱的意识。可是，两个孩子从不在乎这些。王后生气了，便开始采取行动。

有一次，两个孩子烤打猎用的子弹玩。王子出去了。王后发现卡耐罗拉独自一人在炉边，便把一颗滚烫的子弹朝他脸上扔去，想烧死他。子弹打偏了，从眉毛上擦过，在额头上留下一个深深的伤痕。王后在烤另一颗子弹时，王子回来了，她只好走开。

卡耐罗拉拉低了帽子遮住额头，忍着疼痛，继续烤子弹。过了一会儿，他说："好兄弟，我决定离开家，出去碰碰运气。"

王子不知就里，急切地问："我的兄弟，你过得不开心吗？"

卡耐罗拉噙着泪说："好兄弟，命运不让我们在一起，我必须离开你。"

卡耐罗拉拿了自己的猎枪，这支枪也是当时另一支枪生下的，和王子一起来到花园。

"亲爱的兄弟，今天你我分别，我要送你个东西留作纪念。"卡耐罗拉说着，把剑向地上插了一下，便出现了一眼清澈的喷泉。他又插了一下，喷泉边长出一棵爱神树。"好兄弟，要是这眼泉水变浑浊，爱神树枯萎了，"卡耐罗拉继续说，"这就意味着我遇到了大麻烦。"

两个好朋友互相拥抱，之后，卡耐罗拉骑上马，牵上狗出发了。

他走啊走，来到一个岔路口：一条路通向树林，一条路通向其他地方。岔路口有一个菜园。菜园里，有两个菜农激烈地争吵，眼看就要大打出手。卡耐罗拉走过去，问他们为什么争吵。"我发现两枚金币，"一个说，"我的同伴想要一枚，说是我找到金币时，他也在旁边，见者有份。"

"我先看见的，"另一个说，"至少也是我们一起看到的。"

卡耐罗拉从口袋里找出四枚金币，给了每人两枚。两个菜农感激得不知说什么好。他骑上马走向通往森林的路。拿了四枚金币的菜农在后面叫道："少爷，别走这条道，进了这片树林就难以出来。"卡耐罗拉道了谢。

他又继续走啊走，路上，一群男孩正用棍子折磨一条母蛇，它的尾巴尖已经被弄掉。"孩子们，放了它吧，多可怜的异类。"卡耐罗拉说。母蛇拖着残缺的尾巴逃跑了。

天黑下来时，卡耐罗拉正经过一大片树林。树林里寒风刺骨，四面八方不时传来野兽的号叫，卡耐罗拉吓得不知所措。林间，一盏灯在慢慢地靠近，一个美丽的女孩出现在灯光下。

"好心的哥哥！"她说道，"到我家来休息一下。"卡耐罗拉惊得说不出话来，不自觉地跟在女孩后面。姑娘说："你还记得从孩子们的棍下救出的那条蛇吗？那就是我。你看，我左手的小指头尖儿是断的。现在，我来救你，就像你曾经救了我一样。"

卡耐罗拉非常高兴，借宿了一宿，受到热情的款待。第二天早上，仙女送别了卡耐罗拉，她说："去吧，善良的哥哥，我们会有相逢的一天。"

卡耐罗拉告别了女孩，继续前行。在树丛中，他看到了一只长金角的鹿。他举枪瞄准时，鹿跑开了，他于是跟在后面追。来到森林深处的一个山洞边时，下起了大雨，夹杂着鸡蛋般大小的冰雹，卡耐罗拉只好躲进山洞。洞外雨中传来一个细小的声音："好心的年轻人,请让我进去,我想躲一躲。"

卡耐罗拉向外一看,原来是一条蛇。他回答说:"来呀,进来吧。"

"好是好,"蛇说,"只是我怕狗咬我。你能把它拴住吗?"

卡耐罗拉把狗拴上。

"还有,"蛇又说,"马会用蹄子把我踩死。"

卡耐罗拉又拴住了马腿。蛇继续说:"你的枪上了子弹,要是枪走火,会打死我的。我害怕!"

卡耐罗拉卸下了枪里的子弹:"好吧,现在你可以放心地进来啦。"

蛇进了山洞,立即化作一个巨人。卡耐罗拉的狗和马都被拴着,枪里也没有子弹,只能束手就擒。巨人一只手抓住他的头发,另一只手掀开洞中的墓穴,把他活活关了进去。

在国王的宫殿里,王子埃米里奥每天到花园里去,看喷泉和那棵爱神树。今天,他整日心绪不宁。他发现泉水浑浊了,树枯萎了。

"好兄弟!"他说,"你一定是遇到大麻烦了。即使走遍天涯

海角，我也要找到你，帮助你。"

于是，王子带上猎枪，牵了狗，骑上马出发了。在岔路口，他看见了菜园，恰巧遇上了得到四枚金币的菜农。"回来了，年轻人！"菜农摘下帽子向王子表示敬意，高兴地说，"您还记得我吗？您给了我四枚金币，我给您说此路不通，该走另一条道。"

"是的，我记得。"王子埃米里奥又给了他四枚金币，他得知了卡耐罗拉曾经路过这里。在森林里，他遇到了没有小指尖儿的女孩。

"欢迎你，我丈夫的朋友！"女孩说，一面走到王子埃米里奥跟前。

王子埃米里奥吃惊地问："夫人，您是……"

"我是卡耐罗拉的未婚妻。"

"那么请告诉我他在哪里，我要立刻去见他。"

女孩眼睛里满是泪水。"我们的亲人被关在了地下，正在受苦呢。请记住，千万不要上那条蛇的当。"说完，她便消失了。

王子埃米里奥急切地加快了脚步，也更加警觉起来。他追赶长金角的鹿，也碰上了暴风雨，躲进山洞。小蛇在外面向他请求进洞暖和身子，他答应了。他拴上狗，拴住马腿。当它又要埃米里奥卸下子弹时，他明白了女孩的警告。"噢，你想让我卸子弹？"他边说边瞄准小蛇开了两枪。死了的不是什么小蛇，而是一个巨人。"救命！救命！"的声音从地下传来。

王子埃米里奥打开坟墓，卡耐罗拉从里面走出来，还有一些王子、男爵、骑士。埃米里奥和卡耐罗拉紧紧拥抱。大家骑上马，飞奔出森林。

没有小指尖儿的女孩带着一群姐妹出来迎接，原来她们都是仙女。她拉住卡耐罗拉的手，扶他下马，微笑着说："苦难结束了。你被救了出来，我要让你成为世界上最幸福的人。"

埃米里奥也找到了自己喜欢的姑娘，其他人都有了自己的心上人。仙女们举行了盛大的婚礼，之后，大家各自带着妻子回了家。埃米里奥和卡耐罗拉一起回到了自己的国家，整个王国沸腾了，简直像是盛大的节日。

贝琳达与丑妖怪

从前,在里窝那住着一位商人和他的三个女儿。大女儿阿苏达,二女儿卡罗利娜,小女儿贝琳达。商人生活富足,衣食无忧。三个女儿都很漂亮,小女儿尤其突出,贝琳达就是"小美人"的意思。贝琳达还善良、谦恭、善解人意,相反,两个姐姐却很傲慢、固执、嫉妒心重。

三个姑娘长大了,城里的富商纷纷来求婚,阿苏达和卡罗利娜总是不屑一顾地说:"我们永远也不会嫁给一个商人。"贝琳达总是婉转地回答:"我现在还是个小姑娘,出嫁还早,等等再说吧。"

没多久,商人的一艘满载货物的船失踪了,他随之破产。商人只剩下乡间的一间小屋,不得不举家迁到乡村,像农民那样种地。大女儿和二女儿绝不下地干活,希望留下来嫁给绅士。可他们早就躲得无影无踪了,还幸灾乐祸地说:"好啊,让她们学学该怎样待人吧,别再盛气凌人了!"相反,好几个小伙子对可怜的贝琳达则深表同情,向她求婚。她拒绝了,她要帮助父亲渡过难关。

到了乡下,贝琳达很早便起床做家务,为父亲和两个姐姐准备饭菜。而两个姐姐起床晚,什么活也不愿做,还常常跟妹妹发火,说妹妹是村姑，习惯于这种苦日子。

一天，父亲突然收到一封信。说商人丢失的货船又回到了里窝那，船上的一些货物也完好无损。两个大女儿得知穷日子马上要过去，可以回到城里，高兴得简直要疯了。父亲对女儿们说："我现在动身去里窝那，查看一下剩下的货物。你们想要些什么？"

阿苏达说："我想要一条丝绸长裙。"

卡罗利娜说："我想要一条桃红色的。"

贝琳达什么也没要。父亲又问了她一句，她才说："爸爸，您给我带一朵玫瑰，我就满足了。"对姐姐们的嘲笑，她不以为意。

商人来到里窝那，得知货物被债主扣留了。几经交涉，可怜的老人还是两手空空。为了不让女儿们也失望，就用他口袋里仅有的钱买了丝绸长裙和桃红色长裙。至于一朵玫瑰买不买也许关系不大，已身无分文的商人也只能这样想。

商人开始往家赶。天黑了，刮起了风，大雪纷飞，他迷路了，走进一片树林。听到狼嗥之声，他赶紧躲在树后，心中充满了恐惧。他抬眼看，远处隐约有一点灯光。走过去，原来是一座灯火通明的宫殿。

商人走进去，里边没有一点动静。他四处转了转，一个人影也没见到。厅里的壁炉烧着火，浑身湿漉漉的他，一边烤火，一边心中诧异。桌子上摆满了丰盛的食物，饥饿的他吃了起来。之后，他来到一间铺好床铺的房间，睡了。

第二天早上，商人一觉醒来，发现床边的椅子上放着一套崭新的衣服。他穿上新衣服，来到外面的花园。园中的玫瑰花丛让他想起小女儿贝琳达的要求。他挑选了一朵最美的玫瑰花，摘了下来。

猛然，一声巨吼，玫瑰花间出现了一个妖怪。妖怪异常丑陋，人只要看他一眼准会做噩梦。丑妖怪大吼："我好吃、好住、好穿待你，你竟然偷摘我的玫瑰，我要让你付出生命的代价。"

可怜的商人吓倒在地上，结结巴巴地解释说，花是给女儿贝琳达摘的，她什么礼物都不要，只想要一朵玫瑰花。丑妖怪气消了，对商人说："你有这么好的女儿，把她带到我这里来吧，她会成为这里的女王。要是你不送她来，不管你们走到哪里，我都会找到你们。"

丑妖怪请商人回到宫殿，让他选了些自己喜欢的珠宝、金器、锦缎，装满了一个箱子，并派人送商人回家。

商人回到家中，姑娘们都迎过来。两个大女儿满心欢喜地欣赏着礼物，贝琳达则嘘寒问暖。父亲把那朵玫瑰送给了贝琳达，眼泪禁不住流了下来，一五一十地讲述了他不幸的遭遇。

两个姐姐一听，马上埋怨说："我们早就说过，她的想法很奇怪，要什么玫瑰！现在我们都得跟她倒霉了。"

贝琳达并没生气，而是对父亲说："爸爸，我去，这样丑妖怪就不会伤害我们家了。"

父亲说他不会把女儿送给那个丑妖怪的。两个姐姐一边说不能把妹妹送走，一边又说这回我们家可要遭殃了。贝琳达已经下定了决心明早动身。

第二天早上，父亲把丑妖怪送他的财宝箱子，藏在了床下，和贝琳达一起上路了。

晚上，父女俩来到了妖怪的宫殿。餐厅里，摆着精美的饭菜，他们无心品尝。饭后，外面一声吼叫，丑妖怪出现了。贝琳达被妖怪的丑陋惊呆了,半晌,才缓过神来。丑妖怪问她是否自愿来的,她便坦然地点了点头。

妖怪看上去很满意。他递给商人一个装满金币的背包,叫他马上离开宫殿,不许再来了。可怜的父亲最后吻了一下女儿,心如针刺,一路流着泪离开了宫殿。

父亲走后,妖怪向贝琳达道了晚安,离开了。这一夜,贝琳达睡得很香,虽然自己陷入困境,但家人摆脱了灾难,她感到欣慰。

早上,她平静地起了床,想仔细瞧瞧这座宫殿。她看见宫廷里到处贴着标牌,如贝琳达的房间,贝琳达的衣橱。精美的衣服上也绣着贝琳达的衣服。"你是这里的女王,想要什么就能有"的标牌随处可见。

晚饭的时候,贝琳达又听见了那个吼声,丑妖怪出现了。"对不起,"他说,"我可以陪你共进晚餐吗?"

贝琳达客气地回答:"您是这里的主人啊。"

"不,你才是这里的主人,这里的一切都属于你。"他说完,沉默一会儿,接着问:"我真的那么丑吗?"

贝琳达回答:"是的,但你的善良让你显得并不很丑。"

丑妖怪急迫地问:"贝琳达,你愿意嫁给我吗?"

贝琳达身体颤动了一下,不知道该如何回答。犹豫了片刻,她还是硬着头皮回答:"说实话,我确实没想过要嫁给你。"

丑妖怪向她道了晚安,叹了口气出去了。

一晃三个月过去了,每天晚上,丑妖怪都来问她同样的问题,然后就叹着气离开。贝琳达已经习惯了,要是有一天晚上看不见他,倒会觉得有点儿不舒服。

贝琳达在花园里散步，丑妖怪给她讲述了很多植物的神奇性能。悲喜树就是其中的一种。丑妖怪说："当它的树叶挺直朝上，你的家就有喜事；当它的树叶垂落向下，你的家就有不幸。"

一天，贝琳达看到悲喜树的树叶全都挺直向上，就问丑妖怪："我家有喜事了吗？"

丑妖怪说："是的，你姐姐阿苏达正准备出嫁。"

"我能去参加婚礼吗？"贝琳达问。

"去吧，"丑妖怪说，"但八天之内你一定要回来，不然，我就会变得好看，之后死去。这枚戒指是送你的，当它上面的宝石变暗时，就说明我有麻烦，你得马上赶回来。现在，你可以挑选送给姐姐的结婚礼物，装在一个箱子里，放在床脚下。"

贝琳达道了谢，用丝绸衣裙、珠宝和金币装满了一箱，并放在床脚下，便睡了。第二天早上，当她醒来的时候，她已经在父亲家中，礼物箱也在。全家人都高兴得欢呼起来，两个姐姐得知她过得舒坦，又嫉妒起来。因为她们的生活还算不上富裕，阿苏达只嫁给了一个普通的木匠。她们以试戴为借口骗走了贝琳达的戒指，并藏了起来。到了第七天，在爸爸的勒令下贝琳达才拿回戒指。她发现宝石不像以前那么清澈了，便立即动身回去了。

午饭的时候，丑妖怪没有出现，贝琳达急得四处寻找，大声呼唤。晚饭时，丑妖怪出现了，一脸痛苦地说："我病了，要是你再晚一点儿回来，就见不到我了。难道你不再喜欢我了？"

"不，我喜欢你。"姑娘回答。

"那你愿意嫁给我吗？"

"啊，这可不行。"贝琳达大声回答。

又过了两个月，悲喜树又一次挺直了树叶，贝琳达的二姐卡罗利娜也要结婚了。贝琳达又拿着戒指和一箱礼物去了。两个姐姐假装高兴的样子迎接她。贝琳达告诉姐姐，上次因为耽误得太久差点儿误了事，这次不能多耽搁了。两个姐姐又把那枚戒指骗到手。当她要回戒指时，上面的宝石更加晦暗了，贝琳达忧虑地回到宫殿。直到第二天早上，丑妖怪才出现，有气无力地说："我差点儿就死了。要是你下次再迟到，我的命就保不住了。"

又过了几个月。一天，悲喜树的树叶都耷拉下来。"我家里出事了吗？"贝琳达叫道。

"你爸爸病危了。"丑妖怪说。

"让我去见他一面吧！"贝琳达说，"我保证这一次一定准时回来。"

可怜的老商人看到小女儿伏在枕边，心情高兴，加之贝琳达不分昼夜地服侍，老人病情好转。一次，贝琳达洗手时把戒指摘下来放在桌上，之后再也找不到了。她焦急地到处寻找，并恳求两个姐姐还给她。她拿到戒指时，发现上面的宝石除了一个角，全黑了。

她回到宫殿，发现里面一片黑暗，似乎荒废了几百年。她边哭边大声喊着丑妖怪，但没有任何应答。她四处寻找，几乎绝望时，意外发现丑妖怪躺在玫瑰花丛，奄奄一息。贝琳达伤心地扑在丑妖怪身上，吻着他，哭着说："妖怪，妖怪，你要是死了，我活着还有什么意思！你要是能醒过来的话，我马上嫁给你，满足你的心愿！"

话音刚落，整个宫殿灯火通明，每扇窗户都传出歌声和音乐声。贝琳达发现玫瑰花丛中的妖怪不见了，一个英俊的骑士从中站起来，恭敬地对她行礼说："谢谢，我的贝琳达，你救了我。"

贝琳达惊诧不已，喃喃地说："我想要的是妖怪。"

骑士跪在她的脚下，对她说："我就是妖怪。因为中了魔法，我变成了丑妖怪，只有碰到一位美丽的姑娘，愿意在我丑陋的时候嫁给我，魔咒才能解除。"

年轻人原来是个国王，他拉着贝琳达的手一起来到宫殿。贝琳达的爸爸和两个姐姐都在宫殿的门口。爸爸拥抱着自己的女儿，两个姐姐，由于心怀怨恨，变成了两尊石像，守护在殿门的两边。

年轻的国王和贝琳达结了婚，从此，过着幸福的生活，共同管理着国家。

林中睡美人

从前，一位国王和王后很忧愁，他们一直没有孩子。他们寻遍天下的良方，试过了各种办法，始终没有效果。后来，王后竟怀孕了，生了一位公主。举国欢庆，国王和王后特别邀请了国内的七位仙女。

王宫里大摆宴席，每位仙女面前都放着一套精致的餐具：一个金匣子，上面摆放着一把调羹、一柄餐叉和一把纯金的小刀，刀上镶着金刚钻和红宝石。忽然，来了一位不速之客——老仙女。五十年来，她不曾离开过居住的塔，被认为要么死了，要么被邪法迷住。

国王赶紧吩咐为她安排餐具，可金匣子已经没有了，因为那是特意为七仙女制作的。老仙女认为受到了歧视，放出威吓的话来。坐在她旁边的一位年轻的仙女，怕她的礼物对小公主不利。筵席一散，她就躲在帐幔后面，想最后发言，尽力设法补救。

第一个仙女祝小公主成为世界第一美人；第二个仙女祝她有仙女的智慧；第三个仙女祝她所作所为都有好的结果；第四个仙女祝她能优美地舞蹈；第五个仙女祝她有夜莺一般的歌喉；第六个仙女祝她拥有演奏各种乐器的技巧。

该老仙女了，她满脸的不悦，摇着头说，小公主将被纺锤刺破手而死掉。

大家感到震惊，为这可怕的礼物伤心落泪。这时，从帐幔后走出了年轻的仙女，高声说道："国王和王后，你们别担心，我虽然不能否定前一位的话，但你们的女儿绝不会因此丧生，她只是沉睡一百年。一百年后，有位王子会来唤醒她。"

为了避免老仙女所说的不幸，国王立刻发出一道圣谕：禁止任何人使用纺锤，或者私藏纺锤，违者一律处以死刑。

小公主十五六岁了。有一回，国王和王后去了一处别墅。在城堡中，公主来到了一间塔顶的房间。里面住着一位善良的老婆婆，正在用纺锤纺线。她不知道国王关于纺锤的禁令。

"您在那儿做什么，老婆婆？"公主问。

"我在纺线，可爱的孩子。"老婆婆回答，她不认识公主。

"啊，这样挺好玩！"公主接着说，"您是怎样弄的？让我来试试看。"

她迫不及待地拿过纺锤，不小心被纺锤刺破了手，晕倒了。

老婆婆吓坏了，到处高声呼救。众人从各处赶过来，用冷水喷洒公主的脸，拍她的手，用药水擦太阳穴，都不能使她醒过来。

国王记起了仙女的预言，于是，在宫中最精美华贵的房中，让人安放了一张镶嵌金银的床。可爱的公主躺在那里，脸红红的，嘴唇美得像珊瑚。轻柔的呼吸声表明她没有死去，只是睡着了而已。

曾经救过小公主的那位年轻仙女，怕公主苏醒后感到孤独，就用仙杖将城堡中的女教师、宫娥、侍女、侍从、官员、内臣、御厨、仆人、侍卫、哨兵、奴仆、随从，还有厩中的马、马夫、院中的大狗等，都一一点过。甚至连架在火上插着鹧鸪、山鸡的熏烤串和火也都睡了过去。公主醒来时他们才会醒。

国王和王后吻过他们的爱女，依依不舍地离开了城堡。国王又发了一道禁令，不允许任何人去那里。其实，他们走后，花园的四周已经长出各种树木，有带钩的，有带刺的，互相勾连，构成一道天然屏障。这里什么也看不见，只能远远地看见城堡的塔尖。公主静静地躺在那里，没有任何惊扰。

一百年过去了，有一位外族的王子来附近打猎，向人询问远处露出树梢的塔尖是什么建筑。有的说是鬼怪的古堡，有的说住着一群妖精……

这时，有一个老农对他说："我的王子，五十多年前，我曾听父亲讲过，这座城堡中有位非常美丽的公主，她要睡一百年，有一位王子来将她唤醒，她是在等候这位王子。"

年轻的王子听完，很想去看看。在爱情和荣誉的驱使下，他决定完成这场美丽的探险。

王子来到树林前，大树和荆棘让出了一条路。他向城堡中走去，他的随从没有一个人跟进来。他走进一所大庭院，到处都静得可怕，让人感到恐惧。年轻又多情的王子十分勇敢，继续前行。他发现一个卫兵生疱的鼻子和红色的脸，酒杯中还残留着几滴酒，王子明白他们不过是熟睡了。

他穿过天井，上了扶梯，走进大厅，一排排卫兵整齐地站着，背着枪，鼾声四起。还有一些熟睡着的达官贵妇，有的站着，有的坐着。他走进了一间精美华贵的房间，在一张挂着锦帐的床上，他看见一位十五六岁的公主，容光焕发，神情安详。他不由自主地走过去，俯下身子。

仙术被解除了。公主睁开眼，她温柔地看着他，微笑着。

"你好，我的王子？"她说，"让你久等了。"

王子着迷了，郑重地对公主说，他很爱她，比爱他自己还要多。可说起来竟有点语无伦次，而且比公主还要害羞。他们陶醉在爱情里，说个没完没了。

宫里的一切都醒来了。仆人们都很饿，忍耐不住，就高声地向公主喊道："用餐时间到了。"

他们走进餐厅，公主的仆从侍候着他们。提琴和笛子合奏出一百多年前的古曲，非常优美。之后，大总管为他们举行婚礼。

第二天早上，王子与她告别，回到城中。王子告诉国王说，自己打猎时迷了路，睡在一个烧炭夫的茅屋里，还吃了他的黑面包和干酪。国王相信了，可是他的母亲生性多疑，她注意到王子几乎每天都出去打猎，而且一出去就两三个夜晚不回家。她怀疑儿子有了情人。

王子和公主就这样生活了两年多，有了两个孩子：大女儿名叫晨曦，小儿子名叫白昼。

王后是妖精族的人，国王因为贪念她的财富，才和她结婚的。王后还有妖精的嗜好，看见小孩子走过，就会不自觉地去抓他们。因此王子始终不敢向她提及自己的事。他爱妈妈，却又害怕她。

两年后，国王死了。王子继承了王位，公布了自己的婚事。公主坐在她的两个孩子之间，体面地进了王城。

有一次，国王带兵打仗去了。他把国事和妻儿托付给母后。国王一离开，他的母后就把儿媳和孙儿送到林中一间村舍里。几天之后的一个晚上,她对御厨总管说:"明天,我要把小晨曦当中饭吃。""不能啊,夫人!"御厨总管惊呼起来。

"我已经决定了,"老王后说着忍不住流出了口水,"我要用辣酱蘸着吃。"

御厨总管拿着刀来到小晨曦房中。小晨曦已经四岁了,跳着笑着,双手攀住了他的脖子,向他要糖果吃。他不由得落下了眼泪。

御厨总管宰了一只小绵羊,用美味的酱调和。老王后说,她从来没有吃过这样好吃的东西。

御厨总管将小晨曦交给他的妻子,把她藏在他们住的小屋中。

一星期后,恶毒的老王后又对御厨总管说:"我要拿小白昼来当晚餐。"

御厨总管去找小白昼。那孩子仅有三岁,正拿着一把花剑玩耍。小白昼被藏在姐姐的身边。御厨总管烧了一只很嫩的小山羊代替小白昼,妖精把这道菜看作美味珍品。

有一晚,老王后又对御厨总管说:"我要吃王后,用上次吃孩子用的酱来调味。"

可怜的御厨总管再也找不到一头动物去代替她,为了保全性命,他不得不照办。他不愿突然杀死她,便非常恭敬地把老王后的命令告诉她。

"尽你的本分吧,"王后平静地说,"不过,再让我看看我可怜的孩子吧。"孩子们被他无故带走,她以为早已死了。

"不,王后!"可怜的御厨总管泪流满面地说,"我要让您重新看到孩子们,我把他们藏在我家了。现在,我要再骗一次老王后,给她烧一只小红母鹿。"

老王后打算等国王回来时，告诉他说，有几只凶猛的豺狼把他的妻子和两个孩子吃了。

一天晚上，她照常在宫中徘徊，闻有没有生人的气味，不经意间听到一间矮屋中传来小白昼的哭声，小晨曦为她弟弟讨饶的声音，原来王后因为他顽皮打了他。

老王后知道受骗了，心中大怒。第二天一早，她吩咐人把一只大桶运到院子中，桶中满是癞蛤蟆、蝮蛇和蟒蛇，她命令把王后和她的孩子们，御厨总管和他的妻子，都反绑了手投进大桶中。

千钧一发之际，国王骑马走进宫来。看到眼前的一幕，大为震惊。老王后看见事情败露，气急败坏，便自己投到大桶中去，片刻之间，被可怕的东西吃掉了。

国王十分伤痛，毕竟那是他的母亲，但娇妻爱子的安全，也让他略微得到了些安慰。

聪明的牧羊人

从前,有个小牧羊人很顽皮。有一天,在放羊的路上,一个农妇头上顶着一篮鸡蛋,正去集市售卖。淘气的小牧羊人向篮子里扔了一块石头,把鸡蛋全打碎了。可怜的农妇气愤极了,对他大喊:"你永远也别想长大,除非你能找到美女巴尔加利娜!"

从此,小牧羊人真的长不大了。妈妈准备了各种有营养的食物,也未能改变现状。甚至妈妈照顾得越好,他就变得越瘦弱。妈妈问他:"怎么回事呢?该不是受到了别人的诅咒吧。"他就把曾经淘气扔石头砸碎鸡蛋的事说了,并记起了生气农妇的话:"你永远也别想长大,除非你能找到美女巴尔加利娜!"

妈妈对他说:"看来是受到了诅咒,没有别的办法,只有去寻找那个美女巴尔加利娜了。"

小牧羊人踏上了寻找之旅。他走上一座桥,桥上一个小美人正在一个核桃壳里荡秋千。

"你是谁?"

"是朋友。"

"拉起我的眼皮让我看看你

是谁。"

"我在找美女巴尔加利娜,她住在三只会唱歌的苹果里,你有她的消息吗?"

"没有,不过我送给你块石头吧,以后会有用的。"

小牧羊人走上另一座桥,桥上有一个小美人正在一个鸡蛋壳里。

"你是谁?"

"是朋友。"

"拉起我的眼皮让我看看你是谁。"

"我在找美女巴尔加利娜,她住在三只会唱歌的苹果里,你有她的消息吗?"

"没有,不过我送你一把象牙梳子吧,以后会有用的。"

小牧羊人收好梳子,继续前行。经过一条小溪时,他看见有人在用袋子装雾,就走过去问他是否知道美女巴尔加利娜的消息。那人说不知道,不过送给他一袋雾,说以后会有用的。

小牧羊人经过一个磨坊,又向磨坊主狐狸询问美女巴尔加利娜的消息。狐狸说:"我知道美女巴尔加利娜,不过很难找到她。你一直往前走,遇见一家开着门的房屋就进去,屋里挂着一个带有许多小铃铛的水晶鸟笼,里面装着三只会唱歌的苹果,美女巴尔加利娜就在苹果里。你得拿到那只鸟笼。但要当心,房屋里有个老太婆,她睁眼的时候是在睡觉,闭眼的时候是醒着的。"

小牧羊人谢过狐狸,直奔开着门的房屋。老太婆的双眼睁着,他知道她已经睡着了。于是,他取下水晶鸟笼迅速逃开。鸟笼上的小铃铛响了,老太婆被惊醒了,马上派了一百名骑士骑马追赶。小牧羊人眼看就要被追上，从兜里拿出块石头，扔了出去。石头立即变成一座满是岩石和沟壑的大山，一百匹马都在山上折断了腿。

骑士们只能走回老太婆那里。老太婆很生气，又派出两百名骑士骑马追赶。小牧羊人眼看又要被追上，就从兜里掏出梳子扔了出去，梳子立即变成了一座光滑的大山，马儿都失蹄滑了下去，摔死了。

老太婆又派出三百名骑士骑马追赶，紧急关头，小牧羊人放出了那袋雾，身后立即一片昏暗，马迷失了方向。小牧羊人终于摆脱了追兵，放松下来。他觉得异常口渴，就从鸟笼里拿出一个苹果，他怕美女巴尔加利娜就在里面，于是慢慢地切开，吃了一半。

他来到自己家附近的一口水井旁，想把另一半苹果也吃了，就把手伸进兜里，可掏出的却是一个娇小玲珑的美女。

"我就是美女巴尔加利娜，"她说，"我饿极了，想吃米糕，快去给我找一块米糕来。"

小牧羊人把美女放在井盖上，让她稍等，就找米糕去了。

恰巧，一个相貌粗俗的女仆来打水。她看见站在井盖上的美丽姑娘，心生嫉妒，气呼呼地抓起小姑娘，把她扔进了井里。

小牧羊人回来，到处都找不见美女巴尔加利娜，伤心极了。

小牧羊人的妈妈常来这口井打水。有一天，她发现装满水的桶里有一条鱼，就把它带回家煎着吃了。鱼刺被扔出窗外。在鱼刺掉落的地方长出了一棵树，而且越长越高，遮蔽了房屋的光线。小牧羊人砍掉了这棵树，把它劈成柴来烧。

不久后，小牧羊人的妈妈去世了。他成了孤儿，一个人生活，身体还是那么瘦小。每天一早他就出去放羊，傍晚才回家。有一天，他感到很奇怪，早上来不及洗的盘子和碗都被洗得干干净净。

于是,他藏在门后想看个究竟。他发现从柴堆里走出一个很小的漂亮姑娘,为他刷锅洗碗、扫地铺床。

小牧羊人走了出来,拦住了姑娘问:"你是谁?你是从哪里来的?"

"我是美女巴尔加利娜,"姑娘说,"就是你放在井盖上的那个人。丑陋的女仆把我扔进了井里,我变成了一条鱼。后来,我成了鱼刺被扔在窗外。落在地上,我变成了一粒种子,长成了一棵大树。再后来,又被你劈成了柴火。每天,我一等你出去,就变回美女巴尔加利娜。"

小牧羊人又惊又喜,他终于找到了美女巴尔加利娜,卖鸡蛋农妇的诅咒解除了。小牧羊人开始长啊长,美女巴尔加利娜也跟他一起长。很快,小牧羊人长成了一个英俊的小伙子。他娶了美女巴尔加利娜,从此一起幸福地生活。

写作训练营

创造性地改写

小牧羊人的经历真是精彩又奇幻，你是否也想结识同样的朋友呢？请你结合原文的相关内容，将下面的片段以小牧羊人的口吻表达出来，可合理发挥想象，补充适当的情节，使故事更加丰富、生动，就像你自己的真实见闻一样！

"我是美女巴尔加利娜，"姑娘说，"就是你放在井盖上的那个人。丑陋的女仆把我扔进了井里，我变成了一条鱼。后来，我成了鱼刺被扔在窗外。落在地上，我变成了一粒种子，长成了一棵大树。再后来，又被你劈成了柴火。每天，我一等你出去，就变回美女巴尔加利娜。"

注意： 在改写时，首先要想一想，小牧羊人的身份、情感与美女巴尔加利娜有什么不同？那么，你应该如何从语言、口吻中表现出这种不同？

康恩·艾达的故事

这个故事发生的时候，古老的爱尔兰西部地区还没有什么正经名称呢。一度，有位了不起的武士，在陆地、海上均天下无敌。他建立了一个伟大的王国，控制从拉特林岛到香农入海口的广阔区域。国王名叫康恩·莫尔，威震四方，贤能爱民。他的王后艾达是一位不列颠公主，美丽善良，高贵贤德，备受臣民爱戴，与国王取长补短，交相辉映。人们都相信，他们的仁政得到了上苍的特别护佑。此时，庄稼丰收，树上硕果累累，河流湖泊和周边海域满是肥鱼，遍地是牛群羊群，奶牛和绵羊产下丰裕的奶水，瀑布一般流淌在牧场上。在康恩及其后人的统治下，爱尔兰博得了"西部的幸福之岛"的美名。

康恩·莫尔和王后艾达有个儿子，起名时用上了父母双方的名字，唤作康恩·艾达，有人预言，孩子将会继承父母双方的优点。小王子渐渐长大，果然展现出仁爱善良的品质，身体高大强健。父母对他宠爱有加，人民也以他为骄傲。国王或者普通人赌咒发誓时，不是对着太阳、月亮、星辰或其他自然元素，而是对着他康恩·艾达的名字。

突然有一天，善良的艾达王后得了重病，没几天就离开了这个世界。她的丈夫、儿子和人民都陷入悲痛之中，难以自拔。

哀悼艾达王后一年零一天之后，康恩·莫尔勉强接受了大臣们的建议，娶了一位新王后。开始，新王后处处仿效善良的艾达，臣民们颇为满意。不过，她生了孩子之后，发觉康恩·艾达是国王和百姓们最喜欢的王子，心想他一定会继承王位，自己的儿子永无称王的可能。于是，她对继子充满仇恨和妒忌，决定不惜一切代价除掉他，或者把他逐出王国。

新王后到处传播王子的谣言。国王信任儿子，对此付之一笑。王公贵族和老百姓们也不加理会。王子本人则用宽容和善良予以回报。王后发现这些谣言毫无效果，为了邪恶的目的，决定去找巫婆帮忙。

一天清晨，新王后溜到巫婆的小屋，倾吐了烦恼。"我没法帮你，"巫婆说，"除非你能满足我的要求。""什么要求？"王后不耐烦地问。"我的要求就是，"巫婆说，"把我的胳膊下面塞满羊毛，把我用小棍儿挖的洞眼塞满红麦。""我答应你，立马兑现。"王后急切地说。

巫婆的要求被满足后，新王后急不可耐地问："怎样实现我的目的？快告诉我。"

"拿好棋盘和象棋，邀请王子下棋。你会赢下第一局。记住事先要定下规矩，赢的人可以要求输的人做一件事。你赢了，就给王子两个选择，要么流放国外，要么在一年零一天的时限内，到厄恩湖的费波尔格（据说这是一个位于湖底的极乐世界，爱尔兰农人始终相信许多湖底都住着人）去，从王宫花园里摘下三个金苹果，再把国王的黑马和神犬赛摩也一并弄来。这些东西珍贵无比，凭一己之力，王子绝难弄到手。若是贸然去了，必定送命。"

新王后邀请康恩·艾达来下棋，并按照巫婆的要求定下规矩。正如巫婆预言的，王后赢了。不过她鬼迷心窍地又下了一盘，结果王子赢了，令她懊恼不已。"母后，"王子说，"您赢了第一局，可以先提要求。""我的要求是，"王后说，"你在一年零一天之内，从厄恩湖的费波尔格国王的花园里，摘下三个金苹果，再弄来国王的黑马以及神犬，要是做不到，你就要被放逐国外，永远不许回来，否则就要人头落地。""好吧，我的要求是，"王子说，"在我拿回东西之前，您去坐在那个塔的塔尖上，其间不许吃任何东西，除了你用针尖戳起的红麦。要是我回不来，一年零一天之后，您就可以从塔上下来。"

面对艰巨的任务，康恩·艾达感到茫然。他决定去向朋友费奥恩·达哈那求助。王子来到朋友家里，刚坐下，就有人端来热水为他洗脚，让他忘记旅途的劳累。主人请他享用了最新鲜的食物、最浓醇的美酒。王子康恩·艾达把他和继母下棋的事原原本本地告诉了朋友。

"你能帮我吗？"王子满脸愁容地问。"说实话，现在帮不了。"费奥恩·达哈那说，"我明天告诉你。"第二天日出时，费奥恩·达哈那去树林里，施了法术。他对康恩·艾达说："亲爱的孩子，你面对的是一个苛刻的要求，几乎不可能完成。很显然那是想要你的命。给王后提出这种建议的一定是科里伯湖的卡丽科。她是当下爱尔兰最强大的巫婆，也是厄恩湖的费波尔格国王的亲妹妹。我的法力无法帮你免除这项任务。不过，你可以去斯莱巴·密，问问人头鸟，西部世界再也没有比它更受尊敬的鸟了，一切过去的事，一切现在的事，一切未来的事，它都一清二楚。不过，很难找到它隐身之处，得到它的答案更难，这两个难题我可以帮你设法解决，我能做的只有这些了。"

费奥恩·达哈那说："骑上这匹栗色小马，它会带你去鸟藏身的地方。拿出这块宝石，鸟会把一切告诉你。"王子骑上栗色小马，接过宝石，告别了费奥恩·达哈那，踏上旅程。

栗色小马是一匹魔马，有说话的本领。总之，他们历经千难万险，终于找到鸟的藏身地。康恩·艾达掏出宝石，问如何才能完成任务。鸟啄走宝石，停在一块人类无法攀上的石头上说："康恩·艾达王子，搬开右脚下的石头，你会看到一个铁球和一个杯子。骑上马，把球朝前方丢过去。你的马就会告诉你接下来该干什么。"说完，鸟立刻不见了。

康恩·艾达根据鸟的指点，果然找到铁球和杯子。他放好杯子，骑上马，把铁球朝前丢去。球朝前滚，小马紧紧跟着，就这样一直走到厄恩湖边。球滚进水里，消失了。"下马吧，"小马说，"从我的耳朵里，拿出一小瓶冰块和一个小篮子，赶紧重新骑上来，下面你要面对真正的危险和困难啦。"

他们继续前进，湖水像天空一样高悬头顶。球又冒出来，滚啊滚，直到前方出现一条堤坝，三条可怕的蛇盘踞在上面，发出嘶嘶的声音，大张的嘴和可怕的獠牙足以把人吓昏。"听着，"小马说，"打开篮子，往每条蛇的口里丢一块肉，一定要准。之后，坐稳了，我们要想办法闯过去，这是我们唯一的机会。"康恩·艾达把肉准确地丢进蛇嘴里。"太好了，"小马说，"果然是个前途无量的好青年！"说完，它猛地一跃，溜过大蛇看守的河流和浅滩，停在距离湖边不远的地方。"你在我背上吗,康恩·艾达王子?"小马问。"一切顺利!"康恩·艾达回答道。"我觉得啊,"小马说,"将来你一定能够建功立业!接下来还有两关。"

他们继续前进,球把他们带到一座火焰山前。"抓紧,我要跳啦。"小马提醒道。王子顾不上回答,紧紧抓住小马,一脸的恐惧。马腾空飞跃,箭一样飞过燃烧的大山。"你还活着吧,康恩·莫尔的儿子?"忠实的小马问。"还活着,只是快烧焦啦。"王子回答。"活着就好,你肯定能大获成功、名满天下。"魔法小马说,"下马吧,在伤口上涂一点儿冰块,会立刻恢复的。现在,最大的危险已经过去,我们大有希望渡过最后一道难关。"

康恩·艾达再度上马,跟着球,来到一座城门前。城门没有武士看守,两边各有一座高塔,喷着火焰。"下来吧,"小马说,"从我另一只耳朵里取出小刀,杀死我,剥掉我的皮。用皮包在身上,你就可以安全地穿过大门。进去之后,你就可以自由出入,不会再有危险。要是你想报答我,进了大门之后,赶紧出来,赶走吃我尸体的鸟,如果瓶子里还剩有冰水的话,在我的尸体上滴一滴,这样尸体就不会腐烂。如果不怕麻烦的话,最好能再挖一个坑,把我埋进去。"

"天啊,"康恩·艾达说,"高贵的小马啊,你是这样忠诚,我不能这样对你,否则就是忘恩负义,而且我还希望你继续帮助我呢。不管将要来临的是什么,我绝对不会踏着朋友的尸体前行。凭我的家徽起誓,我敢于直面最可怕的危险,甚至死亡,绝不背叛人性、荣誉和友谊!"

"照我说的做,千秋万代繁荣昌盛下去吧!"

"绝不！"王子嚷道。

"好吧，伟大的西方君主的儿子啊，"小马悲伤地说，"现在，要是你不听我的，你我两个都会死去，再也无缘相会。如果照我说的做，那么事情将会比你想象的好许多。请不要质疑我的建议，一定要完全照我说的做，相信我。"

王子想高贵的小马坚持如此，一定有它的原因。他艰难地取出小刀，泪流满面，颤抖着举向小马的脖子。突然一股神秘的力量，让刀子刺进马脖子，高贵的小马倒在了地上。王子看到这一幕，痛哭失声，昏了过去。他醒过来时，小马已经僵硬。按照小马的要求，他剥掉马皮，昏头昏脑地钻进马皮，顺利地进了门。

令他惊奇的是，城里居民众多，繁荣富裕。王子没有任何心情欣赏，一心想着小马朋友。他赶紧走出去，回到小马身边。乌鸦和其他鸟正撕扯着小马的尸体，他赶紧赶跑了鸟，掏出冰水，小心翼翼地洒在血肉模糊的马尸上。冰水一滴到毫无生气的尸体上，马尸顿时开始起变化，几分钟之后，马变成了一位英俊、高贵的年轻人。年轻人坐起身，一把搂住王子，激动地流着眼泪。陌生的年轻人对王子说："尊贵而又伟大的王子啊，我多么的幸运，遇上你，让我变回人形了。我本是费波尔格国王的弟弟，是邪恶的费奥恩·达哈那一直拘禁着我。是你去找他帮忙，他才放我自由。你慷慨的举动，让我恢复原形。是我妹妹劝说王后，也就是你的继母，让你来找我哥哥的黑马和神犬。请相信，我妹妹对您没有任何恶意，只有满腔尊敬，要不然，早就可以轻而易举地除掉你。她在帮你避免未来的一切危险和灾难，当然也是在帮我战胜无情的敌人。黑马、神犬和金苹果，全都是你的了。真心欢迎你来到我哥哥的国度。"

他们俩受到国王和大臣们的热情欢迎。国王慷慨地把黑马、神犬赛摩和花园里三只能够带来健康的金苹果送给了康恩·艾达,并挽留他在这里住上一阵。

该回去了,康恩·艾达跨上黑马,牵着神犬赛摩,兜里放着三只金苹果。黑马可以在周边国度自由来去,不用再担心火焰山或者毒蛇。国王和弟弟都要求康恩·艾达至少每年来看他们一次,大家依依惜别。

康恩·艾达一路顺顺当当,及时回到父王的宫殿。王后坐在塔尖上,庆幸王子没有回来,她很快就可以自由,亲生儿子可以继承王位。当她亲眼看到康恩·艾达骑着一匹口吐白气、穿戴华丽的黑马,牵着一只佩戴银项圈的神犬出现时,她绝望了,一头从塔尖上栽下来摔死了。老国王转忧为喜,热情地欢迎着康恩·艾达的归来。

康恩·艾达把三只金苹果种在花园里,立刻长出了苹果树,并结出了硕果。神树护佑着这个国度风调雨顺、五谷丰登,像费波尔格一样富饶幸福。神犬赛摩和黑马成为王子的左膀右臂,帮助他把这个国家治理得社会安定、人民富足。康诺特,或者康恩·艾达,又名康纳克的省份,其名正源自康恩·艾达。

诺克格拉夫顿的传说

从前，在盖尔提群山中的阿尔洛山谷里，有一个可怜的穷人。他是一个驼背人，看上去就像身子折起来架在肩膀上一样，脑袋显得又大又重，坐着的时候，膝盖经常撑着下巴。可怜的人儿尽管善良单纯、与世无争，但是身体残疾让他看起来就是个怪物，因此，村里人怕在荒僻的地方遇见他。有些不怀好意的家伙还造谣，说他精通草药和符咒。他倒是特别擅长用稻草和灯芯草编帽子和篮子，以此养活自己。

驼子喜欢在草帽上别上一根叫"仙人帽"或"毛地黄"的小草，人们给他起个绰号叫毛地黄。毛地黄编的家什总能卖出好价钱，有些人妒忌他，就编造他的谣言。

有天晚上，毛地黄从美丽的凯尔小镇赶回家。他身材矮小，又顶着个大驼背，走得非常慢。到诺克格拉夫顿的古老山寨附近，天已经很黑了。他又累又倦，想到还得走上一夜的路，心里十分忧愁。于是，在山寨边，他坐下喘口气。他忧伤地仰望天空：

一抹云彩相伴，月亮高挂天边。

女王华贵气象，射出万丈光芒。

无边沉沉黑夜，披上银色披肩。

突然，矮小的毛地黄听到一阵沁人心脾的歌声。他竖起耳朵，觉得音乐正激荡着他的心田。很多声音在唱，彼此融合得天衣无缝，各种不同的调子最终汇成和谐之声。

达鲁安，达莫特，达鲁安，达莫特，达鲁安，达莫特①。

歌声起起伏伏，毛地黄聚精会神地听着，几乎忘记了呼吸。起初，歌声令他如痴如醉，一遍遍重复不变的调子，终于他也有点儿厌烦了。他发觉乐声来自山寨。就在"达鲁安，达莫特"重复三遍之后停顿的当儿，他把调子升高，顺应着旋律唱道：奥古斯，达达丁②。接着，他跟着山寨里的声音继续唱"达鲁安，达莫特"，一唱就是三遍，停顿的当儿，他又唱：奥古斯，达达丁。

诺克格拉夫顿的仙人们在唱歌，听到加入旋律中的一句，解决了他们长久以来的困惑，不由得兴高采烈，出于对他音乐才华的景仰，立即决定把这个凡人请来。

一阵旋风刮起，轻盈地卷起小毛地黄，和着最美妙的音乐节奏飘进了山寨。仙人们把他看作是最优秀的音乐家，并致以最尊贵的礼节。仆人的侍候，盛情地款待，真诚地欢迎，简直把他当成了

---

① 意为"星期一，星期二，星期一，星期二，星期一，星期二"。
② 意为"还有星期三"。

国王。

仙人们对他礼貌有加,但他还是感到非常害怕。最后,一位仙人走过来对他说:"毛地黄,不要烦恼,不用怕!群聚的仙人,决定让大驼背掉地上。仔细瞧吧,你的大驼背,消失得无影无踪。"

可怜的毛地黄突然感觉一阵轻松,就像双脚一跳就能跳上月亮。他简直乐开了花,不时转着脑袋,打量四周,发现一切都是那样新奇和漂亮。好事来得太突然,他的脑袋发晕,倒在地上,陷入了沉睡。

毛地黄醒来时,发现自己躺在诺克格拉夫顿的山寨脚下,太阳已经高高升起,鸟儿在欢唱,母牛和羊群安静地吃着草。他隐隐约约地记起了驼背,慢慢地伸手向脖子后面摸去,果然不见啦。他开心不已,赶紧来到水边,静静地打量自己,眼前是一个体格匀称、潇洒英俊的小伙子,穿着一套崭新的衣服,想必是仙人送的。

他朝家走去,脚步轻快,不时地蹦跳,简直就是个舞蹈大师。人们已经认不出他了,笑着问他是从哪儿来的客人。他不得不去解释。确实,从外表上来看,他已经变了个样。

毛地黄的神奇故事传开了,不管有钱人还是穷人,都在谈论,成了永远的话题。

一天早上,一个老太太朝他走来,打听毛地黄住在哪里。

毛地黄说:"老奶奶,您找他有什么事吗?"

老太太说:"我是沃特福德郡迪席村人。听说毛地黄的驼背给仙人们治好了。我好朋友的儿子,也有个大驼背,过来问一问,没准也能用毛地黄的办法治好呢。"

毛地黄是个善良的小伙子,他一五一十地跟老太太讲述了事情的原委。

老太太千恩万谢地走了。她开开心心赶往好友家,把毛地黄的事告诉了他们。那个驼背的家伙名叫杰克·马顿,从小就十分狡猾。他也希望像毛地黄那样出现奇遇,于是让家人把自己装进推车,一路穿村过户,向诺克格拉夫顿的古老山寨走去。夜幕降临时,杰克·马顿被放在了山寨边。

没过多久,杰克·马顿就听到山寨里飘出歌声:达鲁安,达莫特,达鲁安,达莫特,达鲁安,达莫特,奥古斯,达达丁。杰克·马顿没等仙人们唱完或者找准机会,就把调子升高,在仙人们没有停顿地唱到第七遍时,就忍不住怪叫起来:奥古斯,达达丁。奥古斯,达海那①。他以为加一句好,加两句就更好。不考虑节奏,也不管旋律,更不琢磨歌词。

一阵旋风把他卷进山寨。仙人们气愤地围拢过来,指责他破坏了他们的曲调。有一个仙人走到他面前说:"杰克·马顿,你粗鲁的插嘴,毁了我们心爱的曲子,还有你眼前这座城堡。为了以儆效尤,给你两个驼背!"

仙人们把毛地黄的驼背,安在倒霉的杰克背上,并把他踢出城堡。早上,杰克·马顿的妈妈和好友赶来,发现他躺在山寨脚下,背上又多了个驼背。她们垂头丧气,把倒霉的杰克·马顿带回家。不久,他就死了。也许杰克·马顿留下了可怕的诅咒,从此,再也没人敢去听仙人唱歌了。

---

① 意为"还有星期三,还有星期四"。

仙女

从前，有一位寡妇带着两个女儿。大女儿的容貌和脾气极像母亲，看见女儿也就等于见到了母亲。母女俩看上去让人讨厌，还特别骄傲，简直难以和她们相处。

小女儿和父亲一模一样，性情温和，待人忠厚，为人正直，而且容貌出众，是远近闻名、兰心蕙质的姑娘。

人总是喜欢意气相投的人，自然母亲溺爱大女儿，对于小女儿却不待见。她总是叫小女儿洗衣、做饭，不停地干家务活。

每天，可怜的小女儿还要出门汲两次水，并且每次都要把水罐装得满满的。

有一天，她在泉边汲水，一个衣衫褴褛的老婆婆来向她讨水喝。

"好的，婆婆。"姑娘说着，立刻把水罐洗了洗，从水泉中最好的地方取了水递给她，还帮她托着水罐，这样喝起来更方便些。

老婆婆喝了水后，对姑娘说："你这样漂亮，心地还这么善良，我禁不住要送你一份礼物了。"原来，老婆婆是一位仙女的化身，想看一看这女孩到底有多么诚实。仙女接着说："我的礼物就是，你每说一句话，嘴里就会吐出一朵花儿，或是一块宝石。"

小女孩回到家中,她的母亲责怪她回来得太晚,一定是在外面在贪玩。

"妈妈,我耽搁了一会儿,请您原谅。"

小女儿说话的时候,她的嘴里吐出两朵玫瑰花、两颗大金刚钻。

"咦,我看见什么了?"那母亲惊异地说,"这是从你的嘴里吐出来的花朵和宝石吧,我的女儿?"这个妈妈第一次这么亲切地叫她女儿。

小女儿老老实实地把事情的经过告诉了母亲,一面说,一面又吐出许多的宝石来。

"真的吗?"母亲说,"我应该叫你姐姐也到那儿去。哦,大女儿,快过来看看这些宝石,都是你妹妹说话时吐出来的。要是你有了这样的礼物,可不就快活了吗?赶紧也到泉边去汲水,有穷苦的老太婆向你讨水喝时,你只要老老实实给她水喝就行了。"

"我才不要去汲水呢!"大女儿抱怨地说。

"我要你去,"母亲命令道,"立刻就去!"

大女儿不情愿地去了,嘴里埋怨个不停。她不屑于拿妹妹常用的瓦罐,却拿上了家里最漂亮的银瓶。

她来到泉边不久,一位衣着华丽的贵妇人从林子里出来,向她讨水喝。贵妇人就是小女儿遇见过的那位仙女,她想看看这姑娘到底有多坏。

"我拿了银瓶来,"她愚蠢而又傲慢地说,"你以为是专门为你打水喝的吗?算了吧,你要喝就喝吧。"

"你对人缺少最起码的礼貌,"仙女并没有生气,只是淡淡地说,"为你待人不诚恳,我要送你一件礼物,那就是你每说一句话,嘴里就吐出一条蛇或是一只癞蛤蟆来。"

大女儿抱着银瓶回来,母亲向她喊道:"哦,我的女儿!"

"太累了,妈妈,我再也不要去了!"大女儿埋怨说,嘴里吐出两条大蛇和两只癞蛤蟆来。

"天啊,"母亲喊叫起来,"我看见了什么呀?这全是你妹妹惹的祸!我要惩罚她。"说着就去打小女儿。

可怜的小女儿逃到邻近的树林中。恰巧有一位英俊的王子打猎归来,看见她在独自抹眼泪,就问她为什么一个人在那儿伤心地哭泣。

小女儿就把自己的奇遇和遭遇告诉了王子。果然,王子看见从她的嘴里吐出许多的花朵和宝石,既惊奇又怜悯。看见她这般楚楚动人,王子爱上了她。

于是王子把她带到王宫里,和她结婚了。

那个口吐蛇和癞蛤蟆的姐姐,让人非常厌恶,竟然连她的母亲也不能忍受。无论她走到哪里,都没有一个人愿意收留她。

会下金蛋的螃蟹

从前,有个泥瓦匠一贫如洗,家里只有两个儿子。他生了病,再也干不动活了。有一天,家里实在揭不开锅了,泥瓦匠说:"我出去看看,能不能找点什么吃的。"

泥瓦匠到处寻找结果还是两手空空。他沮丧地往回走,发现在路边的石头上趴着一只螃蟹,就顺手把它放进了口袋,想着带给孩子玩。

螃蟹被两个孩子放进小笼子里。第二天早上,他们发现笼子里有一只蛋,心想准是螃蟹下的,便拿给了父亲看。是一只金蛋!

泥瓦匠把金蛋卖了,得了六枚金币。每天晚上,螃蟹都下一只金蛋;白天,泥瓦匠换回六枚金币。就这样,他成了富翁。

泥瓦匠的隔壁住着个裁缝,他总是琢磨不透:"泥瓦匠怎么会变得这么富有?"于是,他开始处处留心,原来邻居的财富来自一只螃蟹。裁缝有两个儿子,一个女儿。他暗想:我应该把女儿嫁给泥瓦匠的一个儿子。很快,婚事定了下来。

"我给女儿准备了一份嫁妆,"裁缝对泥瓦匠说,"不过你得把那只螃蟹作为聘礼。"

"好吧,只要你把螃蟹算作财产就行。"泥瓦匠回答说。

裁缝得到了螃蟹，经过仔细观察，他惊奇地发现螃蟹的肚子上写着字。他念道：

"吃了蟹壳的人，将会成为国王；吃了蟹爪的人，每天早晨会在枕头下发现一袋钱。"

于是，他决定让两个儿子把这只螃蟹吃掉。

裁缝杀了螃蟹，把它放在火上烤起来，便去叫两个儿子。他刚走出门，泥瓦匠的两个儿子进来了。看到烤螃蟹，他们馋得嘴里直流口水。

兄弟俩也顾不了许多，哥哥吃蟹壳，弟弟吃蟹爪，片刻间，烤螃蟹一扫而光。裁缝回来后，发现螃蟹不见了。两家大吵了一架，婚事也因此泡汤。泥瓦匠的两个儿子知道闯了祸，无奈之下只能外出闯世界。

他们路过第一座小城，在一家小旅馆歇息。第二天醒来，弟弟在枕头下发现一袋钱。"哥哥，他们把我们当小偷了，"他说，"老板娘在我枕头下放了这袋钱，想试探我们。"他把那袋钱还给了老板娘，说："我们不是贼。"

老板娘感到很惊讶，丈二和尚摸不着头脑，但她十分狡猾，脑子转得快，马上不露声色地接过钱袋。"噢，对，对，"她回答说，"我有随手乱放钱的习惯。"

第二天，弟弟的枕头下又出现了一袋钱，与昨天的一模一样。"他们还是不相信我们，"他说，"我们最好还是走吧。"他又把钱给了老板娘。

"小伙子，我真的没什么恶意，"老板娘接过钱袋说，"我做事总是丢三落四的。"

兄弟二人还是走了。他们来到一片树林，天黑了，只能头枕石头睡在野外。第二天早晨，石头旁又出现一袋钱。

"该死的老板娘！"弟弟生气地说，"跟到这里来了，再也不还了，让她接受点教训。"

之后，不论他睡在哪里，每天早晨都会出现一袋钱，他这才明白，是他交了好运，与老板娘无关。

在一个岔道口，兄弟二人决定分开走。"带上这瓶水，"哥哥说，"只要水是清的，就说明我一切安好；若水变浑，就为我痛哭吧！"

"拿着这把刀，"弟弟对哥哥说，"如果它闪光，就证明我平安；如果它发暗，就说明我死了。"

哥哥来到一座城市。住在城里的国王死了。大臣商议推举新国王，方法很简单，就是放飞一只鸽子，它落到谁的头上，就让谁当国王。

鸽子落在了哥哥的头上。在马车、卫队和乐队的簇拥下，哥哥被穿上王袍，戴上王冠，当上了国王。

弟弟来到另一座城市，住进了旅馆。旅馆正对面是一座宫殿，里面住着公主，她可以看见对面旅馆阳台上的小伙子。时间一长，便熟悉起来，于是，公主邀请弟弟来家中做客。

弟弟来到宫殿拜访公主，并陪着公主打牌娱乐消遣。公主每局都赢，可小伙子的钱就是输不完。公主想知道他到底有多富有，就请来一位女巫。

女巫解释说："这个外乡人的身上有魔力，钱永远输不完。魔力源于他的肚子里有半只螃蟹，它每天早晨会给他一袋钱。"

"我可以得到这种魔力吗？"公主急切地问。

"照我说的做，"女巫说，"给小伙子倒一杯葡萄酒，里面添加上这种药。这样，他会把那半只螃蟹吐出来。你把它洗净吃掉，便可以如愿以偿了。"公主照做了。

从此，公主每天早上都能得到一袋钱，小伙子则陷入贫穷，不得不四处流浪。他走啊走，终于饿倒在了一块草地上。他本能地伸出手，抓了一把草塞进嘴里，原来是一种菊苣菜，刚把它嚼碎，不知怎的就变成了一头毛驴。他想："毛驴就毛驴吧，至少可以吃草存活，不会再挨饿了。"随后，他啃食了一丛卷心菜样的植物，刚一咬，就又变回人形。于是，他把两种菜各采了一些，并穿戴成菜农的模样，走到公主的窗下喊道："谁要菊苣菜？美味的菊苣菜！"

公主看见又白又嫩的菊苣菜，顺手拿了一点尝尝，结果变成了一头毛驴。小伙子立刻给她套上笼头，谁也没察觉这条毛驴是公主。

弟弟骑着毛驴到了一个地方，在这里大家都在忙碌着给国王建造宫殿。他和毛驴被雇用了。他让驴子驮双份的石头，还不停地用棍棒催赶着。

"可怜的驴子啊！你怎么能这么虐待它呢？"有人问他。

"我喜欢这样。"弟弟答道。

有人把此事报告了国王。国王让人把他押过来，亲自问道："你为什么要残害这牲畜？"

"它该受到这样的惩罚。"小伙子答道。他不经意间瞥见了国王腰带上的那把刀，这是他送给哥哥的。再打量国王，他知道是哥哥。于是,开口说:"把我在岔路口上给你的钱还给我。"

"你怎么敢这样和国王说话?"国王看着小伙子说。

"我认识你,你是我哥哥!这是你给我的瓶子。"

兄弟两人紧紧拥抱在一起。弟弟把公主变毛驴的事情原原本本地告诉了哥哥。

"要是她还给你那半只螃蟹,你就让她变回原来的样子吧。"哥哥说。

毛驴吃了药,吐出了那半只螃蟹。接着,它又吃了那种类似卷心菜的植物,重新变回了人。

知识小链接

欧洲民间故事中的女巫

在欧洲民间故事或童话中，女巫是出现频率最高的角色之一，她们能够预测未来、施展魔法，时常还会骑上一把扫帚，从窗子、墙壁或烟囱中飞出，前去参加派对。鹰钩鼻、长下巴、满脸褶皱，再戴上一顶又高又尖的黑色帽子，这便是女巫在人们心中的经典模样。

显然，故事中女巫的形象都是不怎么讨喜的。然而细究其背后的原因，却是说来话长。

在15~16世纪的欧洲，不少从事医药、占卜等行业的女人，被教会判定为"与魔鬼勾结"的邪恶分子，民间盛传着她们偷吃小孩、掏空心脏等恐怖谣言，甚至固执地相信她们便是各种天灾、瘟疫的罪魁祸首。当时涌起过多次轰轰烈烈的"猎巫运动"，无数女巫被猎巫者（以追捕女巫、赢得赏金为职业）抓获后，惨遭火刑。

从那时起，女巫便与"邪恶""诡秘""阴险"等标签紧密相联，在文学作品中屡屡以各种反面形象出现。

约翰尼·格洛克

约翰尼·格洛克是个裁缝。他整天围着铺子的桌台，不是剪裁就是缝补。女士们的大衣，先生们的礼服，战士们的军装，都出自于他的手。

有一天，约翰尼厌倦了这样的生活，躺在铺子后边的田野里思考起来。他该做什么呢？拉提琴吧，年龄太大了；当大将军呢，胆子又太小；驾商船周游世界，哪里弄船呢？正在遐想的时候，蚊子叮咬他的光脚丫。他漫不经心地猛拍一巴掌，居然打死了许多蚊子。

"如此看来，我这个人还真不简单呢！"他说。

约翰尼·格洛克，

拍蚊子真不错。

啪的一巴掌，

打死五十只！

先前，他从来没能打死过一只蚊子，更别说五十只了。他欣喜若狂！他回到铺子里，穿上靴子，拿出一把锈迹斑斑的祖传剑，出发了。他要做一个了不起的英雄。

约翰尼徒步走了很长一段路，在一个十字路口，看到张贴的皇榜：

悬赏

奉国王陛下谕旨，张布皇榜，晓谕远近：

近日，因出现两巨魔，形貌丑陋，危害百姓。有勇士能斩其首，为民除害者，赏金镑五万，招为独生女之驸马。

凡应榜者，须亲到王宫报名。

约翰尼思考着皇榜的事。虽然对杀死两个巨魔他一点儿也没有把握，但五万赏金和当驸马的确诱人。"毕竟，我打死过五十只蚊子，开端不坏。"他想，"一个人要是不冒点风险，怎么能成为英雄呢？我至少得瞧瞧这两个巨魔到底有多厉害。或许他们并不是非常可怕哩。"他右手握紧了那柄生了锈的剑，大步向前走去。

"又一名勇士！"国王叹息道，"八天来的第三名勇士。前两名都被巨魔吞吃了。"

"又一位勇士！"公主在镶嵌着珍珠和蓝宝石的水晶镜子前梳理金发，叹息道，"也许这一位运气好。"

当看到约翰尼·格洛克时，父女俩都认为他根本不行，不像是个降妖伏魔的壮士。

约翰尼声称自己是勇士。于是，人们告诉他两个巨魔住的地方，并说他们凶猛异常、力大无比。听完，约翰尼开始后悔了，事到如今，也不容他退缩。

第二天早晨，约翰尼出发了，还没到中午就到了巨魔住的森林。他右手紧握着剑，蹑手蹑脚地前进，尽量不弄出声来。突然，一声雷鸣一般的巨响，地动山摇，约翰尼停下了脚步，双手捂住耳朵。他从一棵树背后躲到另一棵树背后，缓缓前进。最后，在沼泽旁一块林间空地的尽头，他看见了两个巨魔。他们都是骨骼粗大的庞然大物，面目狰狞。正在往马车上堆木头，那马车就是一座装有车轮的房子，木头则是整棵整棵的树。

约翰尼瞧瞧巨魔，瞧瞧自己，再看看手中那柄锈剑。知道自己不是对手，就算能刺中巨魔，也难以置其于死地。于是，他爬进一个空心树洞里，思考该如何动手。起初，他想到干脆回去，无聊的缝补生活让他烦透了，宁死也不想再受那份罪。

"巨魔无疑要比蚊子可怕，不能力拼，"他暗自思忖，"也许可以智取。"

他瞧见脚下的小石子，计上心来。他捡了些石子，悄悄地爬上一棵巨魔附近的树，一直爬到能看清两个巨魔的地方。高个巨魔身长十米，肌肉发达，骨骼突起。他背对着约翰尼，俯身去捡一根木头。约翰尼一扬手，石子飞了过去，正中他的后脑勺。巨魔直起身子，揉了揉脑袋，恶狠狠地瞧着矮个巨魔。矮个巨魔个头小点儿，至多不过八米或者九米。但他的肌肉和骨骼高高隆起，身体强壮。

"听着，伙计，"高个巨魔对矮个巨魔说，"你搬木头得当心点，碰到我的后脑勺啦。"

"不可能。"矮个巨魔说。

"一准是你。还有别人吗？给我小心点！"

他们继续干活。约翰尼又掏出一块石子，一块有棱角的石子，正打在高个巨魔的右耳背后，痛得他大发雷霆。

"怎么搞的！"他大吼道，"你要是再碰着了我，看我不要了你的命！你这小子一向不怀好意，怕是故意这么干的吧。"

第三次，约翰尼打中了他的左耳背后。高个巨魔疼得像一大群公牛在吼叫，随手扔过去一根木头。可惜偏了，木头落进沼泽，一声巨响，一千米外都能听到。高个巨魔向矮个巨魔扑了过去。矮个巨魔边还击边嚷："我没碰你，如果你想打架，我奉陪！"

两个巨魔厮打起来，声响犹如天崩地裂。约翰尼在树上吓得直打战，可怜的村民们关门闭户，以为世界末日到了。两个巨魔厮杀了三小时，使出浑身解数，直打得双方鲜血直流，森林震动，林中的鸟儿也吓得全飞跑了。两个巨魔终于遍体鳞伤地瘫倒在地上，停止了厮杀。

"我筋疲力尽，"一个妖魔说道，"小孩子用线都可以牵着我走。"

"我也累极了，"另一个妖魔说道，"就

是老婆婆用一根羽毛也可以推着我走。"

"果真如此？"约翰尼自言自语说，"我该动手了。"

约翰尼手握那柄锈剑，向两个妖魔冲过去。高个巨魔还没听到约翰尼走近的声音，头就被砍掉了。矮个巨魔没有了力气，刚想站起来，却又掉进了沼泽，水淹到了脖子。约翰尼没费劲也砍下了他的头。约翰尼把剑别在腰带上，一手拖着一颗头，蹒跚着走回王宫。

那天晚上，举国欢腾。人们想去哪里就去哪里，不用再担惊受怕了。

至于怎样智斩两个巨魔的，约翰尼没有细讲。人们只以为他与巨魔厮杀了三个小时，发出可怕的巨响。他们夸赞说："真是个了不起的英雄啊！虽然和裁缝差不多高矮，竟能打败巨魔！"

就这样，约翰尼娶了公主，又用五万镑赏金建造了一座富丽堂皇的城堡。他本以为可以幸福悠闲地安度余生，谁知国内发生了叛乱，军队平叛不力，国王只好向约翰尼求援。

"我的孩子，"国王说，"一群暴徒在离我们宫殿不远处安营扎寨。有些心怀不满的臣民也去入伙。他们又是抢，又是偷，甚至扬言要蹂躏全国。我与众大臣紧急召开军事会议，大家一致推举你来降妖伏魔，我的好女婿，全民的英雄！我知道，你不会拒绝的。"

可怜的约翰尼有什么办法呢？国家处于危难之中，他岂能袖手旁观？他坐下来思量平息叛乱的事，可越想越觉得心中没底。

第二天清早，约翰尼腰间别着那柄锈剑，吻别了公主，到王宫去了。

在王宫院子里，一匹高大的黑骏马，四蹄生风，喷着响鼻，三名壮士正设法牵住它。

"瞧！"国王自豪地说，"多漂亮啊！你可曾见过这样的马？"

"给我的吗？"约翰尼问。

"没错，"国王说，"唯有你才配得上这匹英勇的骏马。"

约翰尼觉得自己骑不了这种马，但嘴上却说："我不是好骑手，陛下。也许小点儿的马就行了。"

"别瞎说了！"国王说，"你不必骑它，只要抓牢，它会驮着你飞起来。"

正在这时，三个牵马壮士中的一个被踢了个仰面朝天。

"马有点儿着急了，"国王说，"约翰尼，也许你该出发了。"

一个壮士扶他上了马，另一个把缰绳扔给他，约翰尼刚要回头与国王告别，国王却不在那里了。原来黑骏马像出膛的炮弹飞出了宫门。当他风驰电掣般地穿过大街时，人们向他挥手欢呼，母亲们把受了惊吓的孩子搂在怀里。

约翰尼三分钟便出了城，来到开阔的乡间。

"他可真是个了不起的骑手！"路边的一个老农说。

"他安稳地待在马鞍上，真是个奇迹。"

约翰尼也不知怎么搞的，竟在马鞍上坐稳了，不多时便到了叛军的地盘。

巧得很，山顶上有个绞架，原先是用来绞死强盗的。一阵大风吹过，刮倒了绞架，约翰尼骑着黑马飞驰而过时，正好套在马脖子上。约翰尼不知道如何使马停下来，越骑越快，直奔山下。绞架紧紧地挂在马脖子上，谁都看得见。叛军看到约翰尼一手紧抓马鬃，一手挥着那柄锈剑。马蹄声震耳欲聋。

第一个看见约翰尼的人恐惧地喊道："天哪！降妖伏魔的约翰尼·格洛克来啦！他带着绞架来要把我们通通绞死！"

"是那个赤手空拳降妖伏魔的人吗？"另一个人喊道。

"正是约翰尼·格洛克！"第三个人喊道，"他率领浩浩荡荡的大军来啦！"

消息传遍了军营，叛军纷纷逃命。叛军领袖想拦住人马进行抵挡，但是手下人说，约翰尼聚集了千军万马，要让他们通通上绞架。

叛乱被平息了，从此国泰民安。国王感激不尽，约翰尼受人爱戴，声望变得更高，成为国家最伟大的英雄。他同金发公主在城堡里平平安安地过日子。国王死后，约翰尼继承了王位，天下从未如此太平、五谷丰登、万事亨通。

我还给您石块

在赫梅利尼克有个财主,开了一家路边客栈,却拒绝穷人入内。有叫花子去讨饭,他还会说:"我没有钱,只有石块。"侠义的盖尔什听朋友说了这件事,十分气愤,说得好好教训一下这样的吝啬鬼。

一星期后,盖尔什从梅吉波什出发去了赫梅利尼克,带着三只沉重的崭新皮箱。到了目的地后,他叫人把行李送到那个吝啬财主开的客栈。老板一见三只沉重的皮箱,马上对来客满怀敬意,心想这回又能赚上一大笔钱了。

两个星期过去,客人告诉财主,他有事要出去一天,想把箱子留在客店,委托给像他这样可靠的人看管。"你要小心,"客人警告说,"箱子装满了贵重东西,可千万别出事。至于结账嘛,等我回来再说。"

客栈老板当场保证,东西会完好无损,请他绝对放心。盖尔什离开了客栈,再也没回去。

回到梅吉波什之后,盖尔什跟那位朋友谈到了这件事,朋友还为损失了三只皮箱感到惋惜。盖尔什说不用担心,箱子是从财主儿子的手里借的。他的儿子住在梅吉波什,知道盖尔什把箱子留在了他父亲的客栈。

守财奴从儿子那里知道了客人是还皮箱的,打开一看,箱子里全是石头,并附有一张纸条:"您习惯对穷人们说,您可以施舍的不是钱,而是石块。这次,我就以所有穷人的名义偿还您的布施。盖尔什。"

熊 和 狗

从前，有个庄稼人，养了一条忠心的狗。狗打小就替他们看门，尽职尽责。现在，狗老了，连叫也叫不动了。

庄稼人讨厌起这条狗来。有一天，他把狗丢到树林子里，一个人回家了。

在树林里，狗饿着肚子躺在树下，咒骂自己的狗运。忽然，跑过来一只熊：

"老狗，干吗躺在这里呀？"

"主人把我赶出了家门。"

"嗯，你想吃点儿东西吗？"

"当然，可是没得吃啊！"

"好吧，跟我来。"

它们一块儿走，碰见了一匹小马。

熊杀死了小马，把它撕成碎片，对狗说：

"你就尽情地享用吧，吃完了，再来找我。"

老狗过着衣食无忧的日子。等到东西吃光，肚子又饿了，它就跑去找熊。

"怎么样，兄弟，马肉吃完了？"

"吃光了，又饿肚子了。"

"怎么能挨饿呢！你知道农妇们都在哪里收割吗？"

"知道。"

"好的，你带我去。我悄悄地爬到你女主人那儿，把她的小娃娃抢走。然后，你拼命追我，把小娃娃抢回去，送给你的女主人。这样，他们就会像往日那样好好养着你的。"

田地里，农妇们正在收割庄稼。熊不声不响地爬到田头，把小娃娃抢了就跑。

小娃娃吓得又哭又叫，农妇们都来追赶熊，追呀追，始终没法追上。小娃娃的妈妈号啕大哭，其他农妇也跟着伤心。

突然，不知从哪儿跑出一条老狗，拼命追上了大熊，抢回了小娃娃，把他送给了农妇。

"瞧啊，"农妇们说，"狗把小娃娃抢回来啦！"小娃娃的妈妈好开心呀。

"从今天开始，"她说，"不管怎样，我绝不会丢掉这只狗！"

她把狗带回家，倒了些牛奶，把面包切成小块，奖励立功的老狗。

她又对庄稼人说：

"当家的，这狗一定要照顾它、养着它，是它打熊手里把咱们的小娃娃抢了回来。"

狗的身体慢慢地强壮起来，吃得很好，日子也过得安逸。熊也成了它最要好的朋友。

有一天晚上，庄稼人家里请客。正巧那天熊过来看望狗。

"你好哇,老狗!最近日子过得咋样?面包吃得饱吗?"

"谢天谢地,"狗大声地回答道,"日子过得很舒坦!兄弟,我请你吃什么呢?还是先到屋子里去吧,主人们正在吃喝,他们不会看到你的。不过,进了门,你得赶快爬到炉灶底下。我弄到啥,就请你吃啥。"

熊顺利地溜进屋子——爬到炉灶下面去。

看见客人和主人都一个个酒气熏天、大声说笑,狗就趁机从桌子上拿东西,去招待它的朋友。

一杯又一杯,熊喝醉了。客人们高声欢唱,熊也唱起自己的歌来。

狗劝告它说:"可不能唱了,要不然,会闯祸的。"

熊已经意识不到危险,不但没有停下,反而越唱越响。

听见炉灶下面的吼声,客人们连忙抓起棍子去打熊,左一下,右一下。熊挣脱了身子逃走了。

熊啊熊,谁叫你去吃酒席呀?

渔夫和神鸟

从前，有个老渔夫，靠钓鱼来养活一家人。日子过得很艰难，总是吃了上顿没有下顿。

一天，他正在河边钓鱼。一只名叫加赫卡的神鸟飞过来，停在他身边，对他说："老人家，我每天送你一条大鱼吧，你把它卖了，就不用再挨冻受饿了。"老渔夫千恩万谢。

那天夜里，神鸟悄悄地飞来，把一条大鱼扔进了老渔夫的院子。

银白色的大鱼，足有二丈长，还活蹦乱跳呢。

第二天一大早，老渔夫把鱼带到集市卖了，得了不少钱。

就这样，每天夜里，神鸟加赫卡都会给老渔夫送来一条大鱼。大鱼种类不同，但总能让老渔夫收入不菲。老渔夫的钱越来越多，

再也不用为吃和穿担忧了。他盖起了漂亮的新房，一座带有花园的小楼。夫妻两人舒服地住着。

老渔夫生活得很安逸。神鸟也为他感到高兴，拍打着翅膀，"哈——哈——"的叫声，像在欢笑。

神鸟还是一如既往，每天扔下一条大鱼。每天早上，老渔夫还是去卖鱼，换回不少的钱。

一天清晨，在卖鱼的街市上，老渔夫听到国王的侍从官在宣读圣谕，旁边挤满了人。

老渔夫得知，国王生了一场病，双目失明。只要用神鸟加赫卡的血来擦一擦，便可重见光明。而且只要有人告知神鸟加赫卡的影踪，就可以得到半个王国的赏赐。

老渔夫心跳得厉害，半个国家的赏赐，太丰厚了。他真想跑过去大喊："我知道。"可是，要是没有神鸟，他能有今天的好日子吗？不能出卖恩人啊！可他转念一想，赐予半个王国，国王的恩惠更大一些，以后自己会更加富有。说还是不说，他犹豫不决。侍从官看他有些异样，就带他去见国王。

"你知道神鸟加赫卡在哪里，是吗？"国王问渔夫说。

老渔夫见王宫豪华，国王生活得舒服，心动了。

国王又继续说道："不用担心，我一定会给你半个王国的。"

听到国王的承诺，老渔夫把神鸟送鱼的事情说了出来。

国王喜出望外，找到了神鸟的影踪，自己就有了重见光明的希望。他立刻命令下去，派兵捉拿神鸟加赫卡。

当晚，老渔夫在院子里摆下宴席。国王的四百个卫兵埋伏在院子的四周。

神鸟又送来了大鱼。老渔夫恭恭敬敬地说："感谢神鸟大恩大德，今天特地设下宴席，表达谢意。"

神鸟不知是计，放下大鱼，飞落下来。老渔夫走过去，迅速抓住神鸟的腿，大声高喊："捉住了，捉住了！"

伏兵四起，一拥而上。

神鸟煽动有力的翅膀飞了起来，渔夫也被带起来了。一个卫兵连忙抓住老渔夫的腿。神鸟不断飞升，后一个卫兵又急忙抓住前一个卫兵的腿，就这样，四百个卫兵连成一长串。神鸟直上云霄。半空中，老渔夫筋疲力尽，一松手，老渔夫连同四百个卫兵都跌在了岩石上，再也没有人站起来……

猫王

从前,有一个穷寡妇养了一只大公猫。那只猫贪玩又嘴馋。一天早上,它舔光了主人盛在平锅里的鲜奶。寡妇一怒之下把它狠狠打了一顿,逐出家门。

大公猫躲在村头的桥边,愁眉苦脸。桥的另一头,坐着一只狐狸,不时摆动着蓬松的尾巴。猫跑过去,想抓狐狸尾巴玩耍。看见猫向自己的尾巴扑来,狐狸吓了一跳,掉过头来对着猫。猫也被吓着了,身体后缩,毛发倒竖。它们彼此对视了好一阵子。

狐狸没见过猫,猫也没见过狐狸。它们彼此都警惕着对方。最后,还是狐狸鼓足勇气,打破了沉默:

"恕我冒昧,先生,您是哪个高贵家族的成员?"

"我是猫中之王!"

"猫中之王?恕我孤陋寡闻,未曾听说过。"

"怎么会没听说过呢?我手握大权,所有动物都匍匐在我的驾前,对我俯首帖耳。"

听完,狐狸着实一惊,庆幸自己没有鲁莽。它马上恭敬地邀请猫王驾临住处,享用一顿鸡肉。此时已近晌午,猫早已肚皮空空,等不及对方再礼貌地邀请,便跟着狐狸走进洞穴。猫端起君王的架子,等着狐狸谦卑地侍奉自己。不屑多说一句话,只顾大口地猛吃。饭后,猫便命令狐狸守护着它,不许任何东西搅了它的美梦。于是,猫把身子蜷缩作一团,睡了过去。

狐狸像个哨兵,警惕地守护在洞口。一只小兔子从洞口经过,狐狸便冲它大叫:"听着,小兔子,我的主人猫王正在睡觉,赶快远离这里。万一此时出来,你逃也来不及。它的权力很大,所有动物都匍匐在他的驾前,对他俯首帖耳。"

小兔子惊恐万分,连蹦带跳地逃走了,蹲在僻静处开始琢磨:"猫王究竟是谁呢?好像从没听说过。"

一头熊踏着笨重的步子走来。小兔子礼貌地问:"去哪儿,熊先生?"

"闷得慌,出来透透气。"

"最好离这儿远点,狐狸说猫王正在休息。万一它出来,你逃也来不及。它的权力很大,能使所有的动物都俯首帖耳!"

"猫王是谁？从来没有听说过！好吧，我倒要亲自拜会一下，看看猫王到底是啥东西。"说完，熊便朝狐狸洞口走去。

"听着，狗熊，"狐狸喊道，"离这儿远点，我的主人猫王在睡觉。万一它出来，你逃也来不及。它的权力很大，能使所有的动物都俯首帖耳！"

一听这话，熊顿时丧失了勇气，没敢吭一声，掉头回去找小兔子。它们找到狼大叔和乌鸦先生，本来想诉苦，谁知它们也有过类似的遭遇。

"猫王是谁？从来没有听说过！"它们有着同样的疑问。为了一睹猫王的风采，它们商量明天邀请猫王同狐狸一道共进午餐，并委托乌鸦前去邀请。

看见乌鸦走来，狐狸以为它又来打扰，便狠狠训斥了它一顿。

"我是来送信的，狗熊先生、狼大叔、小兔子和我邀请猫王和你明天中午前去赴宴。"

"哦，请稍等片刻。"

狐狸告诉乌鸦，猫王愉快地接受邀请，它也乐意前往助兴。

"明天，我会亲自来带领二位前往。"

听到对方接受邀请，狗熊、狼和兔子马上动手准备宴席。小兔子尾巴短，不会被火烧，由它来充当厨师。狗熊身强力壮，负责搬运柴草和猎物。狼负责摆桌子和烘烤面包。

午宴准备就绪，乌鸦前去接客。它急忙从树杈上飞去，双脚不敢沾地，来到狐狸的府前，招呼猫王和狐狸前去赴宴。

"稍候片刻，"狐狸说，"陛下正在梳理唇须。"

很快，猫王便从洞里出来，迈着稳健的步子，可眼睛始终盯着乌鸦，因为乌鸦让它害怕。乌鸦也害怕猫王，偶尔用一只眼睛瞥上一眼，从一棵树飞到另一棵树上，谨慎地在前面领路。

狗熊、狼和兔子在家焦急不安地等候。它们不时朝大路上张望，心中不断嘀咕："猫王到底是啥样子呢？"

"瞧，来了，来了！啊，天啊，我该躲在哪儿？"小兔子惊叫起来，不自觉地跳进灶火坑。火苗点燃了兔子，兔子急了转身向狼扑去，又抓又挠。狼以为是狗熊偷袭，便朝狗熊扑去。狗熊冲向兔子灭火。此时，猫王到了，狗熊竟扑在猫王身上。

狗熊发现扑打的竟是猫王，吓得赶忙缩回手臂，抱着头跑了。猫王也被突如其来的扑打吓坏了，仓皇逃窜。乌鸦也吓得飞走了。

要不是它们已经弄清楚了情况，恐怕现在仍在奔跑呢。

圣诞袜的由来

从前,有位心地善良的贵族,他的妻子病逝了,留给他三个女儿。

这位善良的贵族喜欢发明创造,并积极尝试,遗憾的是都失败了,也因此耗尽了钱财。他们不得不搬到乡下,住在农舍里,他的女儿们要亲自做饭、缝纫和打扫。

一晃就是几年,女儿们长大了,到了谈婚论嫁的年龄。虽然孩子们都很善良,但父亲却没钱给她们买嫁妆。贵族感到非常沮丧。

圣尼古拉斯知道了这位贵族的窘境,又不愿伤害他的自尊心。于是,在晚上,圣尼古拉斯悄悄地来到他们的家门前。他从窗口看到一家人都睡着了,便从衣兜里掏出三小包黄金,打算从烟囱上一个个投下去。这时,他注意到壁炉边的长筒袜,是女孩们洗完衣服后,特意挂在壁炉前烘干的。他便把东西投

进女孩们的袜子里,这样既安全又神秘。

第二天早上,女孩们高兴地发现了奇迹,原来她们的长筒袜里装满了金子,足够她们买嫁妆了。

这位善良的贵族亲眼看到女儿们结婚,心情愉悦,从此生活快乐起来。

之后,孩子们悬挂圣诞袜的传统被传播到世界各地。有一些地方有类似的风俗,如在法国,孩子们将鞋子放在壁炉旁等。

圣诞袜是用来装礼物的,因此最受小朋友青睐。最初,圣诞袜是一对红色的大袜子,大小不拘。头天晚上,孩子们会将袜子挂在床边,幸福地睡觉,等待第二天早上收获礼物。

圣诞节与圣诞老人

每年的12月25日是西方最重要的宗教节日——圣诞节。在此期间，大街上到处都能听到欢快的圣诞歌曲，圣诞树上挂满了各种好看的饰物，亲人、朋友们彼此团聚，互赠礼物。孩子们就更加兴奋了，他们期待着，传说中的圣诞老人会驾着九只驯鹿拉的雪橇，从烟囱进入家里，趁他们熟睡时，悄悄地把圣诞礼物装进床头或火炉旁的袜子里……

实际上，历史上的确存在过那么一位"圣诞老人"，他便是生活在公元4世纪米拉城（今土耳其境内）的主教圣尼古拉斯。圣尼古拉斯出身富贵之家，为人慷慨，一生做过许多善事，我们的故事就是其中的一次。圣尼古拉斯声名远播，人们始终感念他当初的善举，他热忱无私、接济穷人的故事在民间不断流传。后来随着时代的变迁，他的形象逐渐固定化，终于成为今天人们所熟知的那个身穿红棉衣、头戴红帽的白胡子老头儿。

水陆两用船

从前有个父亲,他有三个儿子。他的全部财产就是一匹马、一头驴和一只小猪。

有一天,国王下了一道命令:

如果谁能造出一条在海洋中和陆地上都能行走的船,就可以娶我的女儿为妻。

听到这道命令,大儿子对父亲说:"爸爸,我们把马卖掉吧,用这笔钱给我买造船用的铁,我要造一条水陆两用船,然后娶国王的女儿为妻。"

他今天说,明天说,父亲不得安宁,便卖掉了马买回了铁。大儿子起个大早,拿上铁,到树林里去砍木头,开始造船。

船造了一半时,有位老人路过,关切地问:"你在做什么,我的孩子?"

他说道:"做我愿意做的东西。"

老人又问:"你愿意做什么呢?"

他回答:"木桶板!"

"你会做出木桶板的。"说完,老人就走了。

第二天早上,大儿子回到那片树林,前一天造了一半的船,还有剩下的木头和铁,都不见了,只有一堆木桶板。老大绝望地哭着回了家,把他遭遇的不幸告诉了父亲。这位父亲为了大儿子损失了马,气得差点儿没把儿子揍一顿。

过了不到一个月,二儿子又起了造船的念头。他一直在父亲身边,又是诉苦,又是叹气,父亲被迫卖掉驴子,为他买回了铁。二儿子也带上铁去树林里砍木头。船造了一半时,那个老人再次从这里经过,关切地问:"你在做什么,漂亮的孩子?"

他说:"做我喜欢做的。"

老人又问："你喜欢做什么呢？"

"扫帚把！"

"你会做出扫帚把的。"说完，老人转身走了。

第二天一大早，二儿子回到树林里，哥哥的变故又在他身上发生了。他在那里只找到一堆扫帚把。

他也失望而归，向父亲哭诉了自己的不幸。父亲喊道："活该！谁让你们有这样的怪念头。我也活该！竟听了你们的鬼话。"

旁边，小儿子说话了："一不做，二不休，爸爸，也让我来试试吧。谁敢说他们没办成的事我也办不成呢？"

很快，猪卖掉了，小儿子带上铁走进了树林。他造好了半条船时，那位老人又出现了，他问："好孩子，你在做什么？"

他回答："我正在造一条在海里陆上都能行走的船。"

老人说："你会造出一条水陆两用船的。"说完，老人就离开了。

第二天黎明，男孩返回树林，看见船已完全造好，正鼓着风帆。男孩登上船，兴奋地说："开船！"说完，船穿行在树林里就像在水面上滑行一样。他回到家。父亲和哥哥们见了，全惊呆了。

男孩登上船说："开船，去王宫！"一路上，遇到河流，这条船涉水而过；遇到平原和高山，它就轻飘飘地掠地而过。

船来到了一条小河和大河的交汇处。小河的水流淌不到大河里，原来在不远处的岸边跪着一个大个子，正在喝水。

"天哪，你的喉咙真粗，大个子！"男孩对他说，"你愿意跟我来吗？我带你去王宫。"

大个子又喝了口水，咕噜一声咽下去，说："好吧，我现在不大渴了。"说完便上了船。

这条船走上地面,来到一个地方,这里有个大个子正拿着一根棍子在火上转动,棍子上有一头健壮的水牛。

"嘿,大个子!"男孩从船上叫他,"你愿意跟我来吗?我带你去王宫。"

"愿意,"那人回答,"不过,得等我把这只小鸟吃掉。"

"吃吧。"

大个子拿起穿着水牛的棒子,像吃鹌鸟一样,把它一口吃光。一抹嘴,他也登上了船。

大船穿过湖泊和田野,来到第三个大个子近前,他正用双肩抵住一座山。

"嘿,大个子!"男孩向他喊道,"你想和我一起到王宫去吗?"

大个子回答:"我想去,可是我不能走啊!"

"为什么?"

"我得用肩膀撑着大山,否则它会倒的。"

"那就让它倒吧。"

大个子用手把大山推开,随后跳上船。船刚一出发,大山轰隆一声倒了。

大船缓缓地停在了王宫前。男孩走下船,说:"尊贵的陛下,我造出了这条能在陆地和水面行走的船。现在请您履行诺言,把女儿嫁给我吧。"

国王看见船的主人是一个他根本就不认识的穷鬼,心中很是不快,后悔下了这道命令。

"我可以把女儿嫁给你,不过……"国王顿了顿说,"你和你的随从得把我赐的午餐全吃掉,一根鸡翅、一颗葡萄也不能剩下。"

"好的,陛下。什么时间吃这顿饭?"

"明天。"国王命人预备了一顿有上千道菜的午餐。"这帮乞丐,"他想,"肯定无法吃完这么多东西。"

船的主人来了,只带了一个随从,就是把水牛当鹌鸟吃的那个大个子。他吃啊吃,一盘接着一盘,十盘、一百盘、一千盘。国王呆呆地看着,惊得说不出话来。他猛地醒悟过来,问仆人:"厨房里还有剩的吗?"

"还有些剩菜。"

剩菜也端了上来,而那个大个子还有胃口,连碎末汤汁都吃了下去。

国王无可奈何地说:"毫无疑问,你可以娶我女儿。为了表达我的诚意,我还想把我酒窖里所有的酒赐给你的随从。不过,你们得把酒喝光,一个瓶子底也不能剩下。"

喝河水的大个子来了。他打开一瓶酒喝了下去,之后是一桶,一缸。最后,他甚至把国王自己珍藏的两桶白葡萄酒也一饮而尽。

"我没有理由不把女儿嫁给你。"国王说,"不过,我得给女儿一份嫁妆,像书柜、碗橱、床、脸盆架、首饰箱之类居家应该有的所有东西,必须一次拿走。马上就拿,而且我女儿要坐在所有嫁妆的上面。"

"你听,他不是在开玩笑吗?"男孩对曾经顶着山的大个子说。

"这太好了！"他说，"就把这些交给我吧。"

大个子来到王宫的台阶下。脚夫们开始把衣柜、桌子、首饰箱等东西在他肩上堆成一座比房顶还要高的大山。国王的女儿要坐到顶上去，得先爬上一座塔楼。大个子说："抓好了，公主。"说完他开始奔跑，扛着这堆东西跳上了船。

男孩说："开船喽！"

接着大船飞过了广场、街道和田野。

国王在阳台上看见了，赶忙叫道："快，快追上去，抓住他们，给我抓回来！"

军队停在半路上，看到那条船扬起的尘土，惊讶得伸出了舌头。

男孩驾船返回家，还带了满船财富和身穿嫁衣的公主，他的父亲十分欣慰。男孩建造了一座七层的美丽宫殿，给他父亲和哥哥一层，给每个伙伴一层，其余几层归他和公主享用。

约翰不再吹牛了

从前有个国王,身边跟着两个贴身的仆人,一个叫约翰,另一个叫皮姆。约翰是个牛皮大王,不管是谁,要求什么,总能听到他许下美丽动听的诺言,结果却是一堆没用的空话。皮姆最听不惯约翰的吹牛,总是会拆穿约翰的西洋镜,让他丢人现眼。

一天,国王想在晚餐时吃山鸡。他回头向约翰吩咐道:"今天,你到山上捉十只山鸡回来。"

约翰一听立马叫起来:"才十只?陛下,太少了,看我给您捉上一百只回来。"

国王听了很高兴,说:"好吧,你要是抓回一百只山鸡,我就赏你一百枚金币。"

旁边的皮姆听见了,立马悄悄地爬上山,对山鸡们说:"飞走吧,山鸡,快逃吧,牛皮大王约翰就要来抓你们了。"结果约翰爬上山顶,一只山鸡也没见着。他两手空空沮丧地回到王宫。国王生气了,把约翰整整关了一百天。

一天,国王想在晚餐时吃到新鲜的活鱼。他回头对约翰说:"到河边去,给我捉五条鱼回来。"这一回,约翰记起了一百天牢狱的滋味,没敢吹得太厉害,说:"陛下,五条太少了点吧,看我给您抓上五十条回来。"

国王点点头,说:"好吧,要是你能抓回五十条鱼,我每一条赏你五枚金币。"

边上的皮姆听了,立刻悄悄地赶到河边,对鱼儿说:"游走吧,鱼儿,快逃吧,牛皮大王约翰就要来抓你们了。"结果约翰来到河边,一条鱼也没抓到。约翰只好空着手无可奈何地回到王宫。国王一生气,把约翰整整关了五十天。

一天,国王想在晚餐时吃上野兔,回头对约翰说:"约翰,你到田里抓只野兔回来。"

约翰对国王说:"陛下,一只太少了。看我给您抓十只回来。"约翰不敢多夸口,比以前又老实了一些。毕竟,被关起来的日子不好受。

国王笑了笑说:"也好,要是你真的能抓回十只野兔,每只赏你十枚金币。"

约翰急匆匆地跑到田里,却没有看见一只野兔。原来,又是皮姆在捣乱。约翰只好空着手垂头丧气地回到王宫。国王很生气,把约翰又整整关了十天。

又过了些天,国王想在晚餐时吃到野山羊。他回头吩咐约翰,去树林里捉一只野山羊回来。约翰回答道:"我的陛下,我这就去树林,看看能不能给您抓只野山羊回来。"

皮姆听了,不再去为难约翰。因为约翰现在实话实说,不再吹牛了。

果然,约翰抓回了一只野山羊。他很高兴,国王也笑着赞扬说:"干得不错,约翰!要是你这次又夸下海口,我还要把你关进去。"

从此,约翰变了,再也不轻易许诺了。

穷人的沉默

有一天,在路边饭馆的门前,一个农夫把马拴在一棵树上,打算坐下来吃午饭。这时,一个富人骑马过来,也要把马拴在同一棵树上。

"请不要把你的马拴在这棵树上。"农夫赶忙说,"我的马野性大,还没有驯化好,它会把你的马给踢死的!"

富人不屑地看了看农夫,傲慢地说:"我喜欢拴在哪里就拴在哪里,这是我的权力!"说完,他还是把马拴在了这棵树上,也坐下来吃午饭。

不一会儿,两匹马就踢咬起来,可怕的嘶叫声传来,俩人急忙向门口奔去,但为时已晚,富人的马被踢死了。

"看见了吧,这就是你的马做的好事!"富人咆哮道,"你必须赔我的马!"说完,便拉着农夫去见法官。

法官问农夫:"你的马踢死了他的马,是吗?"农夫没有回答。接着,法官又问农夫:"如果真是这样,你得赔偿,不是吗?"农夫还是没有作答。之后,法官对农夫又提了几个问题,农夫只字未答。最后法官无奈地说:"真的没有办法,他是个哑巴,不会说话。"

"不可能！"富人生气地喊道，"他能像你我讲得一样好！刚才我见到他时，他还和我说话呢。"

"真的吗？"法官问道。

"当然！"

"他说了些什么？"

"他告诉我，不要把马拴在他拴马的那棵树上。他的马野性大，还没有驯化好，拴在一起，会把我的马踢死的。"

"哎呀！"法官说，"他事先警告过你，这就是你的不对了。现在看来，他没有赔偿的责任。"

法官转身问农夫，为什么不答他的问话。

农夫说道："你们宁愿相信富人的万语千言，也不肯相信穷人的只言片语。因此，我想让他告诉你事情的经过。你看，现在你不是已经弄清楚了吗？"

灰额猫、山羊和绵羊

有个小院子里住着一只山羊和一只绵羊，它们在一起生活很开心，有些什么好吃的都一块吃。跟他们生活在一起的还有一只灰额的小猫，当主人发脾气要打谁的时候总是打猫！因为猫是个好吃懒做、嘴又馋的小坏蛋。如果主人家有什么东西没放好，猫总是忍不住要偷吃。

有一次，山羊和绵羊正在舒服地晒太阳。灰额的小猫不知从哪钻了出来，一边走还一边伤心地哭。

山羊和绵羊问它：

"小灰额猫啊，你怎么哭了，怎么还三只脚一跳一跳的？"

"我当然要哭了！主人把我打了一顿，还使劲拉我的耳朵。她不仅打伤了我的腿，还怒吼着说要绞死我。"

"你做了什么错事，她要这样对待你？"

"她这么生气是因为我舔光了酸奶油！"

猫说着又哭起来了。

"小灰额猫啊，你怎么又哭了呢？"

"我当然要哭呀？她打完了我，还说：'女婿就要来家里了，到哪里去弄酸奶油呢？实在没办法，只好杀山羊和绵羊了！'"

山羊和绵羊吓得惊叫起来：

"天呀，你这灰额猫，你这回是要害死我们了，看我们怎么收拾你！"

猫赶紧给山羊和绵羊认错，向他们求饶。山羊和绵羊宽恕了它，三个伙伴一块想办法：该怎么办才好呢？

"二哥呀，"猫对绵羊说，"你的脑门儿不是很结实吗？你顶开院子的大门，我们逃走吧。"

绵羊听了，觉得有道理，它跳起来飞跑向前，用脑门儿去顶院子的大门——院子门晃动了一下，可是没有被顶开。

"大哥呀！"猫对山羊说，"你的脑门儿不是也很结实吗？你顶开院子的大门吧。"

山羊听了，打算也试试，它跳起来飞跑向前，用力一顶——院子的大门真的被顶开了。

三个伙伴高兴地冲出了院子。山羊、绵羊在前面跑，猫用三条腿跟在它们后面跳。

猫跳得太累了，就求两个伙伴：

"大哥，二哥，别丢下我呀……"

山羊听了，捧起小猫，把它安放在背上，又跑了起来。它们跑过山冈，跑过草地，跑过树林，跑过小溪。

它们不分日夜地跑，累了就歇一会儿，歇好了再继续跑，跑了很久很久。

他们来到了一个很高的岩石山上，一个可以停留的地方。岩壁下面有一片秋收过的田地，田地上堆着很多干草堆，堆得像一座座城堡似的。

山羊、绵羊和小猫决定在这里休息。

山里的秋夜非常寒冷，冻得它们瑟瑟发抖。山羊和绵羊还在想该怎么取暖，这时候猫拾了很多树皮来，它扭转山羊的角，让它去跟绵羊脑门儿撞脑门儿。

山羊和绵羊用力一撞，他们的眼睛里爆出火花来，干巴巴的树皮于是点着了。

它们生起了火，就坐在一起烤火。

它们刚刚坐下不久，这时，远处走过来一只熊。

"我好冷呀，让我烤烤火休息一下吧，我没有力气啦……"

"跟我们一起坐下来吧，你是从哪儿来的？"

"我刚才去了蜜蜂园子，跟园里的主人打了一架，受了伤。"

它们四个伙伴在一起取暖：熊在草堆下面，猫在草堆上面，山羊和绵羊在火堆旁边。

忽然来了七只灰色的狼和一只白色的狼，它们朝草堆走过来。

山羊和绵羊吓坏了，聪明的猫却站出来说：

"这位白狼大王啊，您可别惹我们的大哥生气了。它要是气急了，大家都免不了要遭殃。你没看见它那把胡子吗？它里面有神奇的力量呢，它打野兽就用那把胡子，它的角还可以用来剥皮呢。您还是不要招惹它，恭恭敬敬地请它宽恕吧！您可以跟它的小弟弟玩玩，比比力气，就是躺在草堆下面的那一位。"

狼听了猫的话，试探地过去把熊围住，把熊叫醒，熊气鼓鼓的，一手抓起一只狼来！狼们吓了一跳，好不容易挣脱了熊掌。狼一看山羊的小弟这样厉害，山羊肯定更厉害了，吓得夹起尾巴逃走了。

山羊和绵羊趁这时候抓起小猫,连忙跑进树林,路上又碰到了那些狼。

小猫利落地攀上树顶,山羊跟绵羊用脚钩住树枝,挂在树上。

狼疑惑地站在树下,磨响了牙齿,却不敢靠近。

猫见事情不妙,就用树上的果子砸那些狼,说:

"一只狼!两只狼!三只狼!这几只狼都给大哥吧。我刚才吃了两只狼,还饱着呢!"

它这些话才说完,山羊脚一松,羊角对准了狼倒栽葱落下来。猫大声地叫喊:

"捉住它们,捉住它们!"

狼听了心慌意乱,撒腿就跑,头也不回,再也没有回来。

三个伙伴又踏上了旅途。

写作训练营

体验一下缩写

灰额猫、山羊和绵羊三兄弟离家冒险的经历多么曲折、惊险啊!你是否也很期待用更简练的语言将这个故事讲给其他人听呢?回顾全文,参考下面的故事发展顺序,提炼故事的主要情节,试着将其缩写成一个更为精简的故事。写完之后,再与原文对比,看看有什么不同,自己写的好在哪里、不好在哪里。

灰额猫闯祸惨遭主人痛打→山羊和绵羊面临杀身之祸→灰额猫、山羊和绵羊三兄弟决定离家出走→三兄弟与一头熊在夜里一起烤火取暖→一群狼来到草堆跟前→灰额猫诱使狼向熊挑战→狼被吓跑→三兄弟在树林中与狼再次相遇→最终将狼吓跑

注意:缩写是对原故事的提炼浓缩,在力图缩短故事长度、删减次要情节的同时,一定要保证原文的主题及风貌不发生改变。

有魔力的玫瑰花

巴夏有一个独生女儿,是个绝代佳人。多少人想看她一眼,但都不能如愿,因为美人从不出王宫闺楼。

也门的王子听说了这姑娘的美名,发誓要一睹芳容。他离开国都,出发了。这是一次漫长的旅途,要走七年的路。

"不管怎样,我总有一天会走到的。"王子下定了决心。不知走了多少路,他钱用光了,被迫乞讨,时常挨冻受饿。

有一天,王子来到一个满是花园和葡萄园的地方。正值盛夏酷暑,他又渴又饿,胡乱地走进了一个花园,又走进一个花园。他摘下树上的果实,边走边吃,不知不觉来到一个大花园的亭子前。

亭子里躺着一个女人。她是园丁,每三天醒来一次,巡视花园。

王子过来时,园丁正巧醒来了。王子一看见她,急忙藏到树后。其实那女人早闻到人的气味了,便直朝他走去。王子没有办法,只好从树后走出来。

"大娘,我求你……饶了我吧!"

女人见他可怜,便问:"孩子,你像个流浪汉,为什么来这里?"

王子见她和善,便向她讲述了自己的行动计划。

"哎哟,孩子,到那个国家还要走上九个月。即便到了那里,你也不可能见到姑娘。我劝你最好不要去,不然,你会害了自己的。"

"不,我是为了她而来。不见到她,我绝不回头!"

"孩子,你不知道,这姑娘中了魔法,不想见任何人,更不可能爱任何人。你要见她,只有破了这妖法才行。"

"那该怎么破呢?"

"孩子,你为她已经受了这么多苦,我就把这个秘密告诉你吧,希望你能够实现自己的愿望。你从这里出去,路上会经过一个花园,园里有一棵白玫瑰花树。如果你能摘下一朵花,并把花插在姑娘的头发上,妖术马上就会消失。姑娘自己会找你,与你相见。"

王子千恩万谢之后,又出发了。不知走了多久,他终于来到那个花园。

花园门口站着一只大猫。王子觉得大猫有点奇怪,犹豫了。不过,他的心马上坚定下来:"既来之,则安之。"于是,他便向猫走去。

原来大猫是管花园女人的大女儿,就是她向姑娘施了魔法。她为王子的决心、毅力和热情所感动,给他指了路。

王子进了花园,看见了一棵白玫瑰花树。满树白玫瑰正热烈开着,让他看得出了神。他小心地摘下他认为最漂亮的一朵,花园里立刻响起一阵可怕的叫喊。

王子赶紧向花园门口跑去。门口两只猫瞪大了眼睛看着他:"快跑啊,年轻人!要是我们的三妹看见,我们就得把你吃掉。"

王子飞快地跑出大门,一直朝心仪姑娘的国家跑去。他跑得那么快,就是箭也追不上。他心里很高兴:"好了,总算摆脱了危险。"

终于,王子到了他朝思暮想的国家。他走进咖啡馆,说:"光荣属于真主。"大家马上就知道,他是从遥远的国度来的。许多年轻人也都渴望见到姑娘。有人问他从哪里来。

"我是骆驼商队的主人,遭到了强盗抢劫。我流浪了六个月。"他答道。

听了他的话,大家都十分同情,对他像对待上等客人一样。

晚上,咖啡馆里,年轻人三五成群地都在谈论着那位绝世佳人。王子得知姑娘有一个被称之为老妖婆的奶妈,她屏蔽了姑娘的消息,让世人一无所知。

第二天,王子漫无目的地在街上闲逛。突然,他看见一位衣着整洁华贵的老婆婆迎面走来。不少人看着她,甚至指指点点。

"她一定就是姑娘的奶妈,我得抓住这个机会。"王子想着便走了过去。

老太婆看出来他是一位外国人,就问到:"孩子,有事吗?"

"大娘,我是卖玫瑰花的。花是自己园子里种的。现在手头只剩下最后一朵了,我想您可能需要它。"王子答道。

"嗯,把玫瑰花拿给我看看。"

王子拿出自己的玫瑰花递给老太婆。

"真是一朵漂亮的花!卖多少钱?"

"大娘,您是在给自己买花吗?"

"我老了,也没有女儿,用不着花了。孩子,你不知道吧,我是巴夏女儿的奶妈,我想把花当礼物送给她。"

"啊,那位漂亮姑娘配得上这朵玫瑰花!大娘,玫瑰花只有一朵了,就送给您吧。我想姑娘会喜欢您的礼物。"

老太婆回到王宫,把玫瑰送给了姑娘。花插在姑娘的头上,奇迹出现了。年轻人的热情传递给了她,她心中燃起了爱情的火焰,她第一次提出要去花园里走走。

花园里姹紫嫣红,生机勃勃,而姑娘只感到内心荒芜和寂寞。她忍不住问道:"奶妈,您是从哪里弄来的玫瑰花?我怎么一戴上它,就感到内心像燃烧了一团火?"

"孩子,是一个卖花的年轻人送我的。"

"那您能让我见见他吗?"

"傻孩子,我是在街上遇见的,我哪里知道他现在在哪。"

"不管怎样,我一定要见到他。您就多想想办法吧。"

听姑娘口气这么坚决,看着她忧郁的神情,老太婆心软了。

老太婆走出王宫,一眼就看见了卖花的王子,赶紧走过去问:"你的玫瑰花有问题吧?怎么公主一戴上头,就有些异样,非要见你,快跟我来吧。"

姑娘从窗口看见了王子,立刻就爱上了他。她写了张纸条:"我真心真意地喜欢你。若你也不弃,今晚相会于花园。"

王子读着纸条,期盼着相会的时刻。老太婆警告说:"孩子,一定不要让任何人知道。不然,我们都会被处死的。"

天慢慢地黑下来,在老太婆的帮助下,王子悄悄地潜入花园,终于见到了朝思暮想的姑娘。

两个人在一起话怎么也说不完,不知不觉,天就亮了。

在花园里，巴夏发现了女儿，还有那个和她待在一起的年轻人。他们看见了巴夏，吓得魂不附体。

巴夏把年轻人叫过来，想问一问情况。年轻人就把自己的经历一五一十地和盘托出。听完王子的话，巴夏温和地说："孩子，你凭借自己的毅力和勇气，帮助公主摆脱了魔咒，使她一生免遭不幸，为此，我愿意把她嫁给你。"

巴夏吩咐大臣，为王子和姑娘订婚。举国欢庆，庆祝活动举办了四十天之久。从此，王子和姑娘过上了幸福的生活。

魔鬼的故事

从前,有位穷苦的农夫,一家人常常是吃了上顿没下顿。农夫非常勤劳,起早贪黑,勤勤恳恳,却总是事事不顺,一点儿办法也没有。

其实,是一群魔鬼在和他捣乱。它们就住在农夫茅屋的炉灶底下,千方百计地陷害农夫。它们让他的麦子烂掉,把他的牛折磨死,把人家的猪赶进农夫的菜园……

有一天过节,农夫买了一块牛油和一大块面包,一家人高兴地唱起歌来。农夫是个爱好音乐的人,喜欢拉小提琴,趁着一家人高兴，取出小提琴，拉了起来，听上去还挺不错。孩子们纷纷站起来，把手叉在腰间跳起舞来。

看着孩子们尽情地跳着，农夫很是得意。他往下一瞧，好像有些小东西也在跟着节奏一起摇动。它们身体矮小，小脸又丑又凶，细细的脖颈，长长的手，多得数也数不清。

农夫猜想，它们可能就是传说中的穷鬼吧。农夫放下小提琴，想赶走它们，谁知它们你拥我挤地钻进炉灶下。

农夫为了摆脱穷鬼的危害，想出了一个办法。于是，他拿出自己的牛角烟盒，试探着问："牛角烟盒里可以安身吗？"

"当然可以！"魔鬼们回答。

"在这里安身岂不比炉灶下要舒服得多？我也想看一看你们能否住得下。"农夫说着，把开着盖的烟盒朝地上一放。

"你们住进去了吗？"

"我们都在盒子里，这里挺舒服的！"

农夫马上关上烟盒，走进多年不用的磨坊里，把烟盒塞进一个很重的磨盘下。他想让魔鬼永远住在这里，再也不要回去。

从此，农夫的生活开始改变了。他的勤劳得到了回报。粮食丰收了，牛羊肥美，鸡鸭成群，干什么成什么。孩子们再也不用挨饿了。人们眼看着他富裕起来，非常羡慕。

村子里住着个财主，是附近最富有的人家。不过，他总是小肚鸡肠，见不得人家比他好。要是有人摆脱了贫困，或是不向他借贷，他就不舒服，甚至要大发雷霆。

农夫靠着自己的勤劳，变得和他一样富有，他总是恼恨不已。他猜不透农夫到底是如何这么快富裕起来的。

有一天，财主有意去农夫家串门，想着法子打听，花言巧语地引诱，想知道农夫是如何变得富裕起来的。

"辛勤的劳动，让我生活好了起来。"

"你先前不也是如此吗？"

"那都是穷鬼惹的祸！它们先前住在我的茅屋里，把我的希望都毁了。现在，我把它们赶走了，终于有了今天的收获。"

"你是怎么把它们赶走的？"

"我先让它们住进我的烟盒里，然后牢牢地盖上，之后把装着穷鬼的烟盒带到多年不用的磨坊里，压在磨盘地下。"

"原来是这样！"财主恍然大悟。

告别了农夫，财主并没有直接回去，而是拐进了那座多年不用的磨坊。在磨盘下，他发现了那个装着穷鬼的烟盒。他不怀好意地笑了笑，打开了盒盖，对穷鬼说："喂，出来吧，放你们自由。快回到主人那里去吧，他可想你们了！"

小魔鬼一个个跳了出来，高兴地说："你真是个好人！我们不回去了，要是他又想出个什么花招来，恐怕我们就死定了。你把我们救了，我们就到你家去。"

"不，不要，我家不欢迎你们！"财主

紧张地叫起来，"你们还是留下吧。快躲开！滚开！"

财主想摆脱小魔鬼的纠缠，可怎么也脱不了身。它们围住财主，抓住他的衣服，钻进他的衣兜。无奈，财主只能把魔鬼带回家。

到了家，小魔鬼纷纷从财主身上跳下来，四处躲藏，一眨眼就再也找不到了。

打那以后，财主家的庄稼歉收，大黄牛死了，母牛也死了，马被人偷走，猪羊走丢了。再后来，房子失火了，家产焚烧殆尽。这个嫉妒的家伙，想害别人，结果自己却成了乞丐。

十三个强盗

从前有两个兄弟。哥哥是一个富有的鞋匠,弟弟是一个贫穷的农民。

有一天,弟弟在田里干活,看见十三个人聚集在一棵橡树下,手中拿着猎刀。他立即意识到那是一伙"强盗",便藏了起来。有个首领似的人物走近那棵树,说:"橡树开门!"树干开了一扇门。他们一个挨着一个全走了进去。过了一会儿,他们又一个个走了出来。最后那个首领说:"橡树关门!"于是橡树把门关上了。

等强盗们走远了,弟弟也想试试。他走近橡树,说:"橡树开门!"树干也打开了,他走了进去。面前有一个向下的楼梯,他沿楼梯进入一个山洞里。山洞中堆满了财宝:一座金山,一座钻石山,一座金币山,然后又是一座金山,一座钻石山,一座金币山,像这样一共有十三堆。弟弟盯着这些东西,简直都惊呆了。看罢,他开始往衣兜里装,往裤兜里装,还有鞋子,都装满了金币。之后,他拖着沉重的步子,一路慢慢吞吞地回了家。

"怎么啦?生病了吗?"妻子见他蹒跚着回来,急切地问。他没有回答,开始把衣袋和裤兜里的东西掏出来,并把发生的一切都告诉了她。他们从没有见到过这许多钱,到底有多少呢?过去,他一直是用量酒器来称钱的,于是就去哥哥那里去借。

"我兄弟一贫如洗,他想称什么呢?"鞋匠哥哥想,"我得看看。"于是,他就在量酒器下面涂了鱼油。

量酒器被还了回来,他立刻拿来查看,鱼油上竟然粘了一块金币!鞋匠哥哥立即去找自己的兄弟。

"兄弟,快告诉我,你这些钱是从哪里来的?"农民弟弟把事情原原本本地告诉了他。鞋匠听后对他说,他家有孩子,更需要钱,下次再去,一定要带上他。

第二天,兄弟两个带上两头驴和四个口袋来到树下,他们说:"橡树开门!"两人进去后装满口袋,出来后,他们说:"橡树关门!"两人满载而归。兄弟二人平分了金子、钻石和金币。从此,他们靠这些钱的利息过日子。而且他们约定,再也不要去那里了,不然会丧命的。

鞋匠哥哥是个不知满足的人。说不去只是为了骗过弟弟,为的是自己能够拿得更多。不久,他又去了,是在强盗们出来后进去的。不过,鞋匠却忽略了数出来的人。他的厄运来了。原来,他们发觉有人进来偷东西,因此留下一人在此守候,进去的是十三个,而出来的却只有十二个。鞋匠进去时,猝不及防,遭到了强盗的毒手。

第二天,鞋匠妻子不见丈夫回来,便去找农民弟弟,说:"叔叔啊,你哥哥又去了橡树那里,一直没有回来。"

等到天黑后,农民弟弟来到橡树下。鞋匠哥哥的尸体被分了几处挂在树上。他把哥哥尸体放下来,用驴子驮回家。为了能让哥哥完整地下葬,弟弟找来另一个鞋匠,把尸体缝合在一起。鞋匠的妻子用剩下的钱买了一个酒馆，自己亲自操持，以此维持生计。

此时，强盗们也在乡间转悠，想看看丢失的财宝的下落。一个强盗进了鞋匠家，对他说："伙计，你能把这双鞋缝几针吗？"

"噢！"他说，"我连鞋匠的身体都缝合过，还缝不了你这双鞋？"

"缝合身体是怎么回事？"

"哦，我的一个同行，就是酒馆女老板的丈夫，被人杀了。是我把支离破碎的身体缝补起来的。"

这下强盗们知道了，酒馆女老板的本钱是从他们那里偷来的。于是，他们把一个大木桶放在车上，十一个人藏在里面，另两个拉上车出发了。他们来到酒馆，问："好心的老板娘，有地方放这个桶吗？再来点儿吃的吧。"

"请进吧。"女老板说，然后为两个拉车人做通心粉。她的女儿在附近玩，注意到木桶里有声音，便好奇地仔细听起来，里面传来了声音："现在，我们要让这个女人好好过一夜！"

女孩把自己的发现告诉了妈妈。

女老板给两个强盗端去了通心粉，不过，她在里面放了安眠药。等他们睡着了，女老板对女儿说："你现在去叫法官。"接着，她提了一壶开水，倒进水桶里。

法官来了，把十三个人抓了起来，并且弄清楚了那是十三个强盗。国家给了女老板一份奖励，因为她为民除了害。

克里克塔

从前，有一位名叫路易·波特的老太太，住在法国的一个小镇上。

她的儿子在巴西，研究爬行动物。

有一天，波特太太收到儿子送她的生日礼物。礼物是一个奇怪的包裹。她一打开就"啊"地尖叫起来，原来里面装着一条蛇。

这是一条没有毒的蛇。波特太太就像孩子一样疼爱着它，并给它取名"克里克塔"。天冷了，波特太太怕他着凉，还给它织了一件毛衣。

克里克塔有一张暖和的床，还有一棵棕榈树。它喜欢躺在树下，做着甜甜的梦。

即便是冬天，它仍兴奋地在雪地上窜来窜去。

克里克塔越长越长。上街买东西时，波特太太带着它，把大家都吓了一跳。

波特太太是学校的老师。有一天，她把克里克塔带到了教室里上课。

克里克塔学会了用自己的身体模仿字母，还会用身体来数数。

克里克塔喜欢和孩子们一起玩，不管是调皮的男孩，还是文静的女孩。

有一天夜里，小偷闯进了波特太太的家。

小偷把波特太太绑在椅子上，并用手帕堵住了她的嘴巴。这时，克里克塔醒了，它愤怒地扑向小偷，把他紧紧地缠住，直到警察赶来。

克里克塔因为勇敢之举，获得了英雄勋章。为此，雕塑家还专门为它雕刻了一座铜像。小镇的人们把一座公园也命名为"克里克塔"。

克里克塔一直幸福地生活在这里……

玛丽亚公主

从前,在一个遥远的国家,国王和王后仅有一个女儿,叫玛丽亚公主。王后故去后,国王续娶亚吉什娜。亚吉什娜生了两个女儿,一个两只眼睛,一个三只眼睛。继母不喜欢玛丽亚公主,打发她去照看那头褐色奶牛,并且只给她一小块干面包。

早晨,公主来到田野,向褐色奶牛右腿一鞠躬。奇迹出现了,她有吃有喝,衣服焕然一新。一整天,她就像阔小姐一样悠闲自在。黄昏,她又朝奶牛右腿一鞠躬,褪去盛装,恢复旧貌。回到家里,她把那一小块干面包放在桌上。

"这姑娘是怎么活命的呢?"亚吉什娜心里嘀咕。

第二天,继母又塞给玛丽亚公主一小块干面包,并且派自己的大女儿跟着监视她。

两人走到田野,玛丽亚公主开口说:"妹妹,我给你捉一捉头上的虱子吧!"

玛丽亚一边捉虱子,嘴里一边念念有词:"睡吧,妹妹!睡吧,我的好妹妹!睡吧,闭上这只眼!睡吧,闭上另一只眼!"

妹妹睡着了。玛丽亚公主便站起身,向褐色奶牛右腿一鞠躬,又过上了昨天一样的幸福生活。黄昏来临,玛丽亚公主便恢复旧貌，走到妹妹身边说："起来，我的好妹妹！咱们回家去了。"

姐妹俩回到家里，母亲问大女儿说："玛丽亚吃的啥，喝的啥？"

"我睡着了，什么也没看见。"

亚吉什娜把大女儿大骂了一通。第二天清早，她又打发二女儿前往监视。

两个姑娘来到田野放褐色奶牛。玛丽亚公主对妹妹说：

"妹妹，我给你捉一捉头上的虱子吧！"

玛丽亚一边捉虱子，嘴里一边念念有词：

"睡吧，妹妹！睡吧，我的好妹妹！睡吧，闭上这只眼！睡吧，闭上另一只眼！"

玛丽亚公主把第三只眼睛忘了。妹妹的第三只眼睁着，瞅着玛丽亚走到褐色奶牛跟前，朝右腿一鞠躬，马上吃饱喝足，衣服焕然一新。太阳落山的时候，她又向褐色奶牛右腿鞠了一躬，恢复旧貌。她叫醒三眼妹妹，一起回家了。

继母问自己的女儿说："她吃的啥，喝的啥？"

三眼姑娘把看到的原原本本说了一遍。亚吉什娜听了，命令道："管家，去把那头褐色奶牛宰了！"

管家宰了奶牛。玛丽亚公主请求说："爷爷，留根小肠子给我吧！"

管家扔过来一截小肠子。玛丽亚公主把它种在田野里，长出了一丛爆竹柳，上面结满了甜蜜蜜的浆果，引来了各种各样的鸟儿，唱着动听的歌谣。

伊万王子听说了玛丽亚公主的遭遇，便来到她的继母面前，把一个碟子放在桌上，说道："哪位姑娘给我摘满一碟浆果，我就娶她为妻。"

亚吉什娜便打发大女儿去摘浆果，小鸟儿不让她走近灌木丛，并警告说："当心你的眼睛！"亚吉什娜又打发二女儿前往，可是也没能走近。无奈，只得让玛丽亚公主出阵。她摘浆果的时候，小鸟也来相助，很快就把碟子装得满满当当。玛丽亚把碟子端到桌上，向王子鞠了一躬。就这样，伊万王子与玛丽亚公主喜结良缘，从此夫妻恩爱，家道兴旺。

不久，玛丽亚公主生了一个儿子，便同丈夫一起回到娘家，探望父王。亚吉什娜把玛丽亚公主变成一只母雁，把自己大女儿扮成伊万王子的妻子。

清早起床后，老抚育师把孩子抱到田野上那丛灌木前。一群灰色的大雁在翩翩飞翔。老人发问："雁儿呀，灰色的雁儿！你们有谁见过这婴儿的妈妈吗？"

"在另一群里。"

另一群大雁飞来。老人又问道："雁儿呀，灰色的雁儿！你们有谁见过这婴儿的妈妈吗？"

突然，一只大雁飞落到地上，扯下一层羽衣，又扯掉一层，怀抱婴儿喂奶，眼泪汪汪地说："今儿喂一天，明儿喂一天，后天就要走了，飞过茂密的森林，飞越崇山峻岭！"

老抚育师回到家，王子的假妻子立即骂开了，责备老抚育师不该把孩子抱到田野去！

第二天清早，老抚育师起床后，又把孩子抱往田野。伊万王子悄悄尾随老抚育师，钻进灌木丛中。一群灰色的大雁在空中飞翔。

老抚育师招呼道:"雁儿呀,灰色的雁儿!你们有谁见过这婴儿的妈妈吗?"

"在另一群里。"

另一群大雁飞来。老人又问道:"雁儿呀,灰色的雁儿!你们有谁见过这婴儿的妈妈吗?"

一只大雁飞落到地上,扯下一层羽衣,又扯掉一层,扔到灌木丛里,一边给孩子喂奶,一边告别说:"明天我就要走了,飞过茂密的森林,飞越崇山峻岭!"

她把孩子交给老抚育师,突然闻到一股焦煳味。她伸手去拿羽衣,却发现羽衣不见了踪影,原来被伊万王子给烧了。

伊万王子抓住公主不放,公主变成一只青蛙,又变成蜥蜴和各种令人讨厌的动物,最后变成一条蛇蜥。伊万把蛇蜥掐成两段,尾部往后扔,头部往前放,一位亭亭玉立的少妇出现在眼前。伊万王子非常高兴,两人携手回到家中。见这情景,亚吉什娜的大女儿大嚷道:"扫帚星来了!害人精来了!"

伊万王子看着她们俩说:"好吧,哪一位先爬到大门上,我就同她一起生活。"

亚吉什娜的女儿听了立即爬上大门,而玛丽亚公主却只是攀住大门不动。这时,伊万王子拿起自己的火枪射杀了假妻。和过去一样,他同玛丽亚过上了幸福的生活。

白熊国王瓦勒蒙

从前有个国王,他有三个公主。大公主、二公主品性恶劣,三公主温和善良,像光辉灿烂的白昼一样,所有人都喜欢她。

有一次,三公主梦见了一个可爱的金花环,要是得不到,就活不下去。因为没法得到梦中的金花环,她越来越憔悴。国王命令能工巧匠精心打造金花环,结果没有一件能让她中意。有一天,三公主在森林里遇见一只白熊,它两爪间玩耍的花环正是她梦见的样子。她想买下这个花环。

可是,白熊不卖,只有用三公主本人作为报酬才行。三公主想,没有金花环,活着没有意思;得到金花环,生活才有快乐。她接受了条件。她和白熊约定:三天后的星期四来接她。

三公主快乐地拿着花环回家,大家都很高兴。国王觉得,不能让白熊进王宫。到了第三天,为了对付白熊,国王出动了军队,在宫堡周围布上岗哨。但是白熊到来时,没有人能挡住他,因为武器对他没有效用,被打倒的人躺了一地。国王想,这样下去要出大问题,就打发大公主出来。白熊将她驮在背上,飞奔而去。

他们走了长长的路后,白熊问道:"你先前坐过更柔软的东西吗?你先前看见过更明净的景象吗?"

"坐在母亲的膝上我觉得更柔软,在父亲的宫院里我见过更明净的景象。"她说。

"哦,你不是我要的人。"白熊说着,把她赶回家去。

第二个星期四,白熊再次到来。军队得到命令,一起来对付白熊。但是白熊刀枪不入,像割草似的把士兵全都打倒。国王不得不停战,打发二公主出来。白熊将她驮在背上,飞奔而去。

他们走了长长的路后,白熊问:"你先前坐过更柔软的东西吗?你先前看见过更明净的景象吗?"

她说:"坐在母亲的膝上我觉得更柔软,在父亲的宫院里我见过更明净的景象。"

"哦,你不是我要的人。"白熊说着,把她赶回家去。

第三个星期四,白熊又来了。这一次他打得更猛烈,国王觉得不能让他把整个军队都消灭了,只好把三公主给了他。白熊把她驮在背上,走了长长的路,在森林的边缘,就像问她两个姐姐一样问她,先前是否坐过更柔软的东西,先前是否看见过更明净的景象。

"从来没有!"她说。

"好,你是我要的人。"他说。

他们来到一座漂亮的城堡,相比之下,她父亲的城堡就像蹩脚的农家房舍。在这里,她不需要做什么,只要看着火,不让火熄灭就好了。白天,白熊不在家;晚上,白熊就变成一个人。三年里,她过得很好,每一年都生下一个孩子。不过,孩子一出生,白熊就带着孩子飞快地离开。因此,她越来越沮丧。

有一次,她请求白熊允许她回去看望双亲。白熊答应了,不过公主得首先答应,她只能听从父亲所说的,而不听从母亲所说的。

回到家里，当父母亲与她单独在一起的时候，公主向他们讲述了自己的生活。母亲要让她带蜡烛回去，这样就能看见白熊变成人时是什么样子。但是父亲说她不能，这样做只有害处，没有好处。

不管怎样，离开的时候，公主还是带上了一支蜡烛。躺下睡觉时，她点上了蜡烛。白熊长得非常漂亮，她怎么看也看不够。一滴蜡烛油滴在他的额上，白熊醒了。

"你都干了些什么呀！"他说，"你这一照给我们带来了灾难。我是白熊国王瓦勒蒙，女巫巨人给我施了魔法，让我白天变成一只白熊。原本只剩下不到一个月的时间了，我就能变成人，你只要再坚持一下，我就得救了。可是现在，我只能去和她结婚。"

公主哭叫着，悔恨不已。但是一切都无济于事，他非走不可。就在他穿上了白熊皮急急忙忙出门时，公主跳到他的背上，紧紧地抱住他。他们越过山岭，穿过树林，她的衣服被撕破了，疲劳的她松开了手，失去了知觉。醒来后，她发现自己在森林之中。她继续赶路，最后来到一个农舍，里面住着一个干瘪的老太太和一个美丽的小姑娘。

公主问她们是否看见过白熊国王瓦勒蒙。

"看见过。今天早上他急急忙忙地跑过这里！他跑得很快，你赶不上他的。"她们说。

小姑娘手里拿着一把金剪刀跳来跳去，边剪边玩。这是一把神奇的剪刀，你只要向空中一剪，一块块丝绸和一条条天鹅绒就会在你周围飘荡。有了这把剪刀，就永远都不愁穿的了。

"这个可怜的女人，要在坑坑洼洼的路上走很久，得经受很多劳累，"小女孩说，"她比我更需要这把剪刀。"小女孩问，是否可以把剪刀送她。公主接受了。

公主继续走，日夜不停，可就是走不到森林的尽头。第二天早上，她来到另一个农舍。这里也住着一个干瘪的老太太和一个小女孩。

"你们好，"公主说，"你们看见过白熊国王瓦勒蒙吗？"

"噢，他昨天匆匆忙忙地走过这里。他走得很快，你赶不上他的。"老太太说。

小女孩在地上玩一个长颈瓶。这是一个神奇的长颈瓶，你要什么饮料，就能倒出什么饮料。有了这个瓶子，永远都不会缺少喝的。

"这个可怜的女人，要在高低不平的路上走很久，会口渴，会遭受许多的苦难。"小女孩说。小女孩问，是否可以把这长颈瓶送她。公主接受了。

公主日夜不停地在森林里走着。第三天早上，她又来到一个农舍，这里仍住着一个干瘪的老太太和一个小女孩。

"你们好。"公主说，"你们看见过白熊国王瓦勒蒙吗？"

"昨天晚上他匆匆地经过这里。他走得很快，你赶不上他的。"老太太说。

小女孩拿着一块桌布在地上玩。这是一块神奇的桌布，你只要对它说"桌布，铺开来，摆出好菜来"，它就会照做。有了这块桌布，永远都不会缺少吃的。

"这个可怜的女人，必须在崎岖的道路上走很久，"小女孩说，"她要忍受饥饿，还要遭受许多别的苦难，所以她比我更需要这块桌布。"她问，是否可以把这块桌布送她。公主接受了。

公主在森林里白天黑夜不停地走。早上，她来到一个高山的峭壁前，这峭壁十分陡峭，像一面墙，看不到边。这里也有一座小屋，她走了进去，询问道："你好！请问有没有看见白熊国王瓦勒蒙路过这里？"

"我看见过。三天前，他上了这座高山。但是这座高山连雏鸟都飞不上去。"老妇人说。

小屋里住满了衣衫褴褛的孩子。他们抓住母亲的围裙，哭着要吃的。老妇人拿出一口装着小圆石子的水锅放在火上。公主问她这是做什么。老妇人说，家里很穷，听见孩子哭着要东西吃，就把水锅放在火上说："苹果一会儿就煮好了。"只有这样才能让他们安静一会儿。公主听完，马上就拿出桌布和长颈瓶来用。孩子吃饱了，她又用金剪刀来给他们裁剪衣服。

老妇人说："非常感谢你的帮助。你先在这好好休息，等我丈夫回来。我丈夫是一个很有本事的铁匠，让他为你的手和脚铸造一些爪子，你可以戴着爬山。"

第二天早上，铁匠把爬山的爪子做好了。公主向他们道谢后，将爪子牢牢地绑在她的手上和脚上，立即向山上爬去。整个白天和夜晚，她都在不停地爬着，疲劳极了。就在她觉得快要抬不起手来，要掉下去的时候，她到达了山顶。这里是一片平原，宽广而又辽阔，有田地和牧场，还有一座城堡，里面有很多各种各样的工匠，都在辛勤劳动，像蚂蚁在营巢时一样。

这就是女巫巨人居住的地方。再过三天，她就要和白熊国王瓦勒蒙结婚。公主想和女巫巨人谈谈，被拒绝了。于是，她坐在窗外，拿出金剪刀剪着，顿时天鹅绒和丝绸在空中像风雪一般飞舞。

女巫巨人看见了说:"不管裁缝多么劳累,都没有用,这里有许许多多的人需要衣服穿。你还是把剪刀卖给我吧。"

公主说剪刀是不卖的。要是女巫巨人允许她今晚和她的情人在一起,就可以得到这把剪刀。女巫巨人答应了,不过她说必须亲自使他入睡,亲自叫他醒来。当他要睡觉的时候,女巫给白熊国王瓦勒蒙服了安眠药,因此,尽管公主又喊又叫,他还是醒不过来。

第二天,公主又来到窗外。她坐下来,开始从长颈瓶中倒饮料。饮料像小河的水一样流出来,啤酒、葡萄酒流个不停。女巫巨人看见了说:"不管酿造师怎样辛苦地工作,都没有用,这里有许许多多的人要喝饮料。你还是把长颈瓶卖给我吧。"

公主说这瓶子不是用钱可以买的。要是女巫巨人允许她今晚和她的情人在一起,就可以得到这个瓶子。女巫巨人答应了,不过她说必须亲自使他入睡,亲自叫他醒来。当他要睡觉的时候,女巫又给白熊国王瓦勒蒙服了安眠药。所以,尽管公主大声哭喊,他也醒不过来。不过,这天晚上隔壁房间里恰好有一个工匠在干活。他听见了公主的号哭,猜到了发生的事情。第二天,工匠悄悄地告诉了白熊国王瓦勒蒙,一定是公主来了,来解救他。

第三天,到吃饭的时候,公主来到城堡的外边,拉出桌布来说:"桌布,铺开来,摆出好菜来!"立刻,桌布上出现了足够一百个人吃的饭菜,但是只有公主一个人享用。女巫巨人看见了这块桌布说:"不管厨师怎样忙碌地烹调和烘烤,都没有用,这里有许许多多的人要吃饭。你还是把桌布卖给我吧。"

公主说这块桌布不是能用钱买的。要是女巫巨人允许她今天晚上和她的情人在一起,就可以得到这块桌布。女巫巨人答应了,不过她要求必须亲自使他入睡，亲自把他叫醒。当白熊国王瓦勒蒙要睡觉的时候，女巫巨人又故技重演。这一次白熊欺骗了她。女巫巨人有点儿怀疑，便拿来一根缝衣针直刺他的手臂。不管刺得多痛，白熊一动也不动，假装睡得很熟。

　　拯救行动进展得很顺利。要获得自由，就必须除掉女巫巨人。于是公主和白熊决定找一个木匠，吩咐他在送亲队伍经过的桥上做一个陷阱门。按照风俗，新娘骑马走在队伍的最前边。当女巫巨人带着女傧相们过桥的时候，脚下的木板掉落下去，女巫巨人落入河中，淹死了。

　　白熊国王瓦勒蒙和公主打算回到自己的国家，举行真正的婚礼。路上，瓦勒蒙停下来，找到送礼物的三个小女孩。这时，公主才知道她们就是白熊从她身边带走的三个孩子，带走她们就是为了帮助公主找到白熊。

使公主发笑的长条子汤姆

从前有个国王，他有一个漂亮的公主。不过，这个公主神情严肃，从来不笑。她很傲慢，拒绝任何求婚者。

为此，国王宣告：谁能够使公主笑，谁就可以娶她，同时得到一半国土。如果他失败了，他就得在背脊上割开三条裂口，将盐揉进去。无疑，在这个国家里有好多人背部疼痛。

靠近国王的庄园住着一户人家，这家有两个儿子。他们也听说了国王的宣告。大儿子急急地出发了。他来到国王的庄园，说要试试让公主笑。

"当然可以，"国王说，"不过我告诉你，不会成功的。已经有很多人来这里试过，我的公主非常严肃，他们都没有成功。我实在不愿看见再有人自寻烦恼。"

但是男孩坚持说，使公主笑并不是太难的事。作为一名士兵，在聂尔斯军士手下操练的时候，无论出身高贵的人还是出身微贱的人，都被他逗笑过很多次。于是，他在公主的窗外"开步走"，来回行军，故意犯他当新兵时经常犯的错。没有用，国王的公主仍然很阴郁，很严肃。最终男孩被抓走了，在背上割开三条很宽的裂口，揉进食盐，然后被打发回家去了。

大儿子失败后，小儿子长条子汤姆也想去试试。他的哥哥取笑他，还给他看疼痛的背脊。他的父亲说他什么都不知道，整天像只猫一样坐在壁炉的旁边，用棍棒在灰中拨弄，修削松木火把，肯定不会成功的。但是长条子汤姆不断地吵着、闹着，弄得他们厌烦了，只好同意他去国王的庄园碰碰运气。

长条子汤姆来到国王的庄园，只询问可不可以给他一个仆役的工作，并没有提能使公主发笑的事情。他被拒绝了。但是长条子汤姆不肯放弃，继续说，这样一个大庄园，一定需要一个给厨房女工搬运木柴和提水的人。国王一方面认为确实需要这样的人，另一方面也被长条子汤姆弄得厌烦了，答应让他留下来。

有一天，长条子汤姆去小河里提水，看见在一棵被水掏空了的老枞树根下潜伏着一条大鱼。他把水桶小心地放在鱼的边上，捉住了它。在回庄园的路上，他遇见一个满脸皱纹的干瘪老太太，牵着一只金色的鹅。

"你好，老奶奶！"长条子汤姆说，"你的金鹅真漂亮啊！它的羽毛光彩夺目！谁如果能有这样一只金鹅，就没有必要再切削松木做火把了。"

老太太对长条子汤姆水桶中的鱼也大加赞赏，并且说要是汤姆愿意把鱼给她，她可以把金鹅送给汤姆。老太太说这是一只神奇的鹅，不管是谁碰到它，只要长条子汤姆说一声"粘住，一道走"，他就会被紧紧地粘住，不能走开。

长条子汤姆很愿意交换。他对老太太说："如果这只鹅真有这么神奇，我可以把它当作鱼钩用。"

没走多远，长条子汤姆遇见一个老妇人。她看见这只金鹅，禁不住想走过来摸一摸。正当她把手放在金鹅身上时，长条子汤姆说："粘住，一道走！"这老妇人又拉又扯，却摆脱不了金鹅，不管她愿意不愿意。

长条子汤姆继续往回走，又遇见一个男人。他曾被那老妇人捉弄，正要找她算账。看见老妇人使劲地挣扎着要离开，男人想趁机惩罚一下她，于是就踢了老妇人一脚。

"粘住，一道走！"长条子汤姆喊道。结果那男人也不得不跟着走，而且用一只脚跳着走，不管他愿意不愿意。他挣扎着想要离开，结果更糟，险些向后摔倒。

他们步履艰难地往前走，接近庄园时，遇见了国王的铁匠。他手里拿着一把大钳向铁工场走去。铁匠是一个爱开玩笑的人，喜欢寻开心。看见这个队伍跳着、跛行着到来时，他笑得前仰后合。他大声说："这是一群傻鹅。那么谁是雄鹅，谁是雌鹅？在前边颠簸着走的一定是雄鹅。"他伸出手来，像是给鹅撒谷子似的。

铁匠接着说："要是把这一群傻鹅都拉回来往后走，该多有趣！"他是个强壮的人，有力气，他正用他的钳子钳住男人的臀部。这时长条子汤姆说："粘住，一道走！"

于是铁匠也得跟着走。他弯着背，将脚后跟戳在地上奋力挣脱，可是没有用。不管他愿意不愿意，他都得摇摇晃晃地跟着走。

到了国王的庄园，看门狗对着他们狂叫，仿佛他们是叫花子或小偷。公主站在窗口，看见这怪里怪气的一队人时，笑了起来。

"等一等，她待会儿还要捧腹大笑呢！"长条子汤姆说。他带着队伍转到国王庄园的后边。

厨房的门开着，女厨师正忙着搅拌稀饭。看见长条子汤姆和他的队伍,她奔出厨房,手里拿着长柄的勺子,笑得浑身颤动。她说这只金鹅太漂亮了,想过去摸摸。

"让她来摸我,不要摸鹅!"铁匠说。

"你说的什么话?"她尖声喊叫,用长柄勺子来打铁匠。

"粘住,一道走!"长条子汤姆说。于是女厨师也被粘住了。不管怎么责骂,怎么用力挣脱,她都不得不蹒跚地跟着走。

当他们走到前窗的外边时,公主正站在那里等着。看见女厨师也跟在后边,手里挥舞着长柄勺子,公主捧腹大笑,简直停不下来。就这样,长条子汤姆得到了公主和一半国土。他们举行了盛大的婚礼。这件事成为全国的趣谈。

争夺香肠

那天早上，小狗古杜瓦闻到了香肠的美味，是主人不爱吃留给他的。他摇着尾巴，发出喜悦的叫声，可是女仆却偏偏把香肠放到了一个高高的窗台上。有什么办法呢？他被牢牢地拴着，只能忍气吞声地躺下来等着。

温热的香肠散发出诱人的气味，飘到远处，被经过这里的列那闻到。他向香味处寻去，正巧遇到了躺在树下睡觉的花猫蒂贝尔。

"我亲爱的伙伴，"列那问，"这香味是从你家飘出来的吗？"

花猫微微睁开眼睛，一提鼻子，告诉列那香味是香肠散发出的，是主人留给古杜瓦的午餐。不过，她可以带列那去看看。说完，她就一声不吭地朝家走去。

一进家门，古杜瓦正唉声叹气地嘟囔着："啊，我鲜美的香肠，要是你能自己掉下来该多好啊！"

"怎么啦，古杜瓦？"

古杜瓦向蒂贝尔抱怨女仆的刻薄，她把香肠放在了他够不到的地方，说是他的午餐。他只能空闻到香肠的美味。

"蒂贝尔，这个古杜瓦真是太傲慢了！"列那说，"听见了吧，这是'他的'午餐，好像你根本不存在一样。要是你肯帮助我，我倒是可以把香肠弄到手，然后咱俩在草地上一起舒舒服服地享用。"

蒂贝尔觉得这是个好主意。于是，她进入房间，跳上窗台，设法把香肠扔给列那，然后准备到约定的地方享用。

小狗古杜瓦眼睁睁看到美味的午餐被抢走，立刻狂吠起来。

蒂贝尔看见列那跑走了，知道上了当。列那狡猾，但蒂贝尔更精明。她抄近路很快就追上了狐狸。列那正在得意之际，却看到花猫的影子，他故作镇静，心里盘算着怎样摆脱这位不速之客。

蒂贝尔也在盘算，香肠在列那手里，来硬的肯定不行，于是计上心来。蒂贝尔装出不耐烦的样子说："不能老这么跑，咱俩到哪儿分香肠啊？香肠拖在地上了，还沾上了你的口水，真叫人恶心！这样吧，我给你做个示范看看吧。"

列那看了看蒂贝尔，暗暗思忖：叼着这么一大根香肠，休想从我的眼皮底下溜走。他接受了同伴的建议。

花猫接过香肠，优雅地叼住它的一端，巧妙地把另一端驮在背上。

"你看，就是这样。"蒂贝尔说，"等我走累了，你也这样叼着。香肠既不会沾上口水，也不会拖在地上弄脏，多干净啊！"

蒂贝尔接着说："走吧，去前面的小山头上分香肠，可以边吃边欣赏美景，也便于自卫。"没等他的伙伴回答，蒂贝尔就跑起来。

等列那反应过来，他立刻追了上去。等到列那赶上山头时，花猫早已端坐在山头一个高高的架子上了。

"快下来，蒂贝尔！"列那强压住怒火，"现在该分香肠了。"

花猫漫不经心地说："还是你上来吧，上面视野开阔，舒服得很！"

"难道你忘了我不会爬高吗？"列那气愤地说，"说过的话，你可不许耍赖！快扔给我一半吧！"

花猫不紧不慢地说："这么美味的香肠，太难得了，要是拿到地上吃，简直是罪过。"

"我只要我的那一份，"列那吼起来，"快把我的那一半扔给我！"

"多么野蛮啊！"花猫调侃道，"而且把这么美好的东西分开，太可惜了。要不下次再找到一根香肠，一定让你独吞。"

"蒂贝尔，"列那大骂起来，"要是你连一小块都不给我，你就不是我的朋友。"

"列那，"花猫狡辩说，"我是一个好朋友，下次我一定把一根新鲜又干净的香肠全部奉送给你。这件处理品就留给我自己了。列那，你真没有良心！"不等列那回答，他就吃起香肠来了。

见此情景，列那急得哭起来。蒂贝尔装出天真的样子问："你是在为自己的罪孽忏悔吗？善良的上帝一定会宽恕你的。"

"蒂贝尔，你不要高兴得太早。"列那说，"想想吧，口渴的时候，你会下来的。"

"下来喝水？"蒂贝尔故作惊讶地说，"列那，你瞧，一个积满雨水的小潭就在我身边，感谢上帝的仁慈！"

"可是，你总有一天要下来的，我会一直等着你的。"

"我会下来的,但不是现在,你得等很久呢,我亲爱的朋友。"

"不管多久,我发誓要等你,至少也要等上七年。"

"七年?"蒂贝尔说,"七年不吃不喝,该叫我多伤心啊!你已经发过誓了,可不能违背诺言啊!"

蒂贝尔说完,又不慌不忙地吃了起来。

忽然,列那竖起耳朵,显得有些紧张。远处传来的是猎狗的叫声。列那准备逃跑了。

"嗨,你到哪里去?"蒂贝尔喊道。

"我走了!"列那说。

"你的誓言呢,这么快就忘了吗?七年!你可不能失信啊!"

列那顾不上跟蒂贝尔斗嘴,头也不回地落荒而逃。

贪吃的蒂贝尔

天渐渐地暖和起来。列那走出家门,呼吸着新鲜空气,感到生活充满阳光。

他悠闲地走着,迎面正碰上花猫蒂贝尔。香肠事件以后,他们没有见过面。日子过了好久,列那也不想再去计较什么。

"你好,我亲爱的朋友!"他亲热地向蒂贝尔打招呼,"跑得这么快是要去哪里呀?"

"去附近一个农家。"蒂贝尔回答,"听说他妻子有一大罐奶油,正放在面包箱里,我想去尝一尝。虽然是一场冒险,不过,我还是想试试。他家鸡棚里的货色也不少,有兴趣一去吗?"

列那毫不犹豫地跟在了蒂贝尔的后面。一阵小跑,他们来到由高高的木栅栏围着的房屋前。栅栏太密,挤不进去。幸运的是,在栅栏的一角有点破损,他们顺利地钻了进去。

列那立马就要往鸡棚跑,蒂贝尔拦住了他。先抓母鸡会惊动农户,留着最后才去干。当务之急,就是去找奶油罐。

列那觉得花猫说得有道理,就和她蹑手蹑脚靠近餐厅,他们确定厅里空无一人后,便放心地溜了进去。

"奶油罐就在这里,"蒂贝尔指着一个面包箱说,"列那,咱俩把箱盖打开。你撑着箱盖,我先吃,然后是你。"列那同意了,不过他一心惦记着肥美的母鸡,催着蒂贝尔快点结束。

"行了,蒂贝尔。"列那说,"箱盖重得很,我快要撑不住了,快出来!"

蒂贝尔把鼻子埋在奶油里,根本来不及回答他。

"快出来呀!"列那抱怨起来,"现在轮到我了,蒂贝尔!我撑不住了。"

"再等一小会儿。"蒂贝尔实在舍不得离开。

"不能再等了,该我了,赶紧出来呀!"列那忍不住喊起来。

列那的催逼让蒂贝尔感到十分恼火。他不再吃了,接着砰的一声他把奶油罐打翻了。

"天哪!"列那心疼地惊叫起来,"你这个坏蛋,早知道你没安好心,我就该把你关在里头。现在,你叫我吃什么呢?"

蒂贝尔纵身一跃,跳出了箱子。列那放下箱盖的动作更快,蒂贝尔的尾巴被盖子截成了两段。

蒂贝尔一声惨叫,疼得跌倒在地上。

"坏蛋!"他嚷道,"你把我漂亮的尾巴弄成这样,多难看啊!"

"这不能怨我!"列那厚着脸皮说,"只怪你跳得太快太猛。"

"啊,我漂亮的尾巴!"花猫呻吟着,"呜,痛死我了!"

"别这么说。"列那说,"现在,你显得更年轻、活泼了。你不觉得身子更轻巧了吗?"

"别再耍我了!"蒂贝尔怨恨道。

"你自己跑跑看,肯定更轻巧了。以后别人甭想追上你。"

"我本来就跑得轻巧,而且还很快。"蒂贝尔说。

"行啦,蒂贝尔。"列那说,"你也哭够了,该去鸡棚了。忘掉那些不愉快的事情吧!"

他俩慢慢地向鸡棚走去。

"列那,我建议你先捉那只公鸡,"蒂贝尔说,"他看上去比那些老母鸡更年轻,更肥美。还有,他的喊叫声最响。所以,得先把他干掉。"

话是没错,只是花猫的说话声音太大,把那只正在打盹的公鸡吵醒了。

公鸡喔喔喔大叫了几声。

农夫一家人被吵醒了。他们跟在看家狗后头蜂拥而出。

蒂贝尔当机立断，在逃出木栅栏缺口的瞬间，看见列那正受到一群看家狗的围攻。蒂贝尔庆幸自己反应快，也算是为被弄断尾巴出了口恶气。

列那陷入重围，狗急跳墙，拼命咬了一只狗的鼻子，惨叫声把其他狗吓住了，就在对方迟疑的一刹那，列那逃了出去。

列那虽然保住了性命，却遍体鳞伤。显然，跟花猫蒂贝尔一起干的这档子事是不成功的。

叶森格伦受骗

一天晚上,大灰狼叶森格伦经过茂柏渡,一股香喷喷的烤鱼味钻入鼻孔。外面天寒地冻,又饿了一整天,他感到鱼香味格外诱人。循着香味他来到了列那的家门口。

叶森格伦睁大了贪婪的双眼,透过门缝瞧去:红红的炉火上面,正烤着一串串鳗鱼!

叶森格伦围着列那的家转了几圈,门窗紧闭。他烦躁地走来走去,唉声叹气,只能厚脸皮把嘴巴凑近门缝,装出亲切而又和蔼的样子,说:"列那,快开门啊,我来啦!"

"谁呀?"其实,列那早就听出了是大灰狼叶森格伦,但他还是明知故问。

"好外甥,我是你舅舅,过来看看你!"叶森格伦马上故作镇定地回答。

"不对吧,声音听上去怎么有点不大像呢?"列那假装吃惊地说。

"真的是我呀!几天不见,你连舅舅的声音都听不出来了吗?"

"现在外面的骗子太多,不能不防啊!"列那就这样和他扯了半天。

"好吧,现在能让我进去吗?我有一肚子话要告诉你呢!"

列那装作为难地说:"现在?恐怕还不行。两位高贵的神父正在用餐。"

"神父?他们要干什么?"叶森格伦惊奇地问。

"受到两位神父的感化,我已经信教了。从此,我就要过一种宁静、清贫的生活。我的家已经变成修道院,你瞧,修道人正在这里修身学道呢。"列那像唱歌一样说着。

叶森格伦听完,连忙说他想参观一下修道院。列那却说这会妨碍道友,是违反院规的,也很没有礼貌。

"什么院规啊!你就忍心看我挨饿受冻吗?再说了,给我点儿吃的,也算你们修道人行善积德了。"

"好吧,谁让您是我的舅舅呢?不去管那些清规戒律了,现在就给您弄点儿吃的。"

列那起身拿了两块鱼,自己先把那块大的吃了,再把那块小的从门缝里塞了出去。

叶森格伦一拿到鱼,就一口吞了下去,根本没来得及尝鱼的味道。胃里舒服了些,他的食欲更加强烈了。

"记住,您吃的这一块是修道士给的。他们要我转告您,希望您日后也能加入我们的修道会。"

叶森格伦舔着嘴巴立刻来了兴趣,赶紧问加入修道会是否就有鱼吃。列那说入会后,能让他把鱼吃个够。为了美味的鱼,列那劝他现在就入会。而且,为了表示他的虔诚,需要接受剃发仪式。

叶森格伦惊讶地说:"什么?要我剃发受戒?"

"没错,而且要把头发全部剃掉。"列那郑重地说。

此时,叶森格伦摸着咕咕叫的肚子,也只能无可奈何地同意了。

列那大声说:"好舅舅,像您这样身份高贵,聪明、虔诚的

人，我敢肯定，您很快会成为这里的院长。"

叶森格伦想到马上就有美味可口的鱼吃，心里非常高兴。

列那端出一锅滚烫的开水，走到门口，大声说："过来吧，我亲爱的舅舅，这个洞口是专门为剃发受戒开的，把头伸进来吧，您马上就可以成为修道人了。"

叶森格伦顾不得多想，把头从洞口伸了进去。看着硕大的狼头，列那毫不手软，把满满一锅开水浇在了上面。

叶森格伦被烫得嗷嗷惨叫，焦头烂额，最后总算把头缩了回去。列那在墙里偷偷地坏笑，可嘴巴还在鼓励说，他应该再忍受一下，修道士剃发受戒都是这样的。

"现在我可以吃鱼了吧？"叶森格伦可怜巴巴地问，饥饿让他暂时忘记了脑袋的疼痛。

"我的好舅舅，当修道士不是您想的那么简单，您还得经受考验。"

"考验什么？我都快饿死了。"叶森格伦有点儿不耐烦了。

"去池塘边钓鱼！您刚才吃到的鱼，就是我昨晚在池塘里钓上来的。按照教规，今晚是一个考验之夜。"

列那说完，从自己屋后一个隐秘的洞口钻了出来。他绕到叶森格伦面前说："付出才有回报，难道您后悔了？"

叶森格伦无可奈何地同意了。

在去池塘的路上，列那不停地和叶森格伦说话，为的是不让叶森格伦有时间思考，能相信他的话。不一会儿，他们来到了一个池塘边。

在这里又会发生什么故事呢？

丢尾巴的大灰狼

正值严冬季节,池塘里结了厚厚的冰。冰上有一个窟窿,那是人们为了给牲口饮水而砸开的,旁边还放着一只桶。

列那带着叶森格伦来到窟窿边。他煞有介事地说:"这真是一个捉鳗鱼的好地方啊!"

叶森格伦迫不及待地问:"怎样才能捉到鳗鱼呢?"

"就用这家伙,"列那指着水桶说,"拿条绳子拴住,把它放进水里。不过要有耐心,得等些时候,再把桶提上来,里面就满是可口的鳗鱼了。"

"让我来吧!"叶森格伦抢着说。

叶森格伦发现没有拴木桶的绳子,十分沮丧,突然,他灵光一现,叫起来:"哈,列那,有办法了!你把水桶系在我的尾巴上。我愿意这样蹲着,让很多的鱼儿游进桶里。这样,谁也抢不走我们的鳗鱼了。"

列那听完,强忍住笑,立刻把水桶牢牢地绑在这只大灰狼的尾巴上。叶森格伦傻傻地坐在冰上,让水桶沉到了冰窟里。列那远远地躲到灌木丛里,半睡半醒地看着狼。

夜越来越冷。水桶里结冰了,水桶越来越重,可怜的叶森格伦还以为装满了鱼呢。

最后，冰冻得结结实实，叶森格伦也动弹不得了。他着急了，大声喊道："列那，水桶大概已经满了，我动不了啦！你快来帮忙呀！天快亮了，不能再耽误了，会有危险的。"

列那偷偷地笑起来，暗暗地嘲笑道："谁叫你这么贪吃呢！"

天亮了，人们陆续起床。村子里一个习惯于黎明出门打猎的财主，和随从一道骑马向池塘方向驰来，猎狗吵嚷着紧随其后，田野里一片喧嚣。

"狼！狼！"财主的随从们喊起来，"他动不了了，快打死他！"

不用说，一听到打猎的声音，列那早就溜了。

猎犬把叶森格伦团团围住。财主下马，举剑向狼刺去。不想脚下一滑，他没有刺中狼的身子，却把狼冻在冰里的尾巴斩断了。

叶森格伦忍着剧痛，左冲右突，逃出包围圈，总算保住了性命。他痛苦地发现，除了失去了一条漂亮的尾巴，自己还伤了皮毛。

更让他痛苦的是，他心里隐约地升起了一个疑团：他怀疑自己的外甥列那在捉弄他。

叶森格伦敲钟

列那诡计多端，能言善辩，他让叶森格伦相信池塘上遭遇的灾难是由于运气不好。他也没有想到，夜里太冷，会把尾巴冻住；又加上猎人来得突然，还有许多的猎狗，实在让人无能为力。

叶森格伦听完解释，也觉得合乎情理。在这种情况下，即便列那为了救自己丢了性命，也于事无补。他原本想要责怪列那无情无义，可试想一个对钓鱼不感兴趣的人，黎明时睡着了，不也是人之常情吗？

让叶森格伦始终念念不忘的是鳗鱼。他从来没有吃过那样美味的东西，真有点儿魂牵梦绕了。于是，他忘记了所有的痛苦，不停地提醒列那兑现承诺。

叶森格伦说："我已经受戒剃发，准备好了加入教会。列那，我应该像修道士那样享受鳗鱼了，还要等什么？"

"别着急，我的好舅舅，"列那说，"还有最后一个条件呢，现在可以谈谈了。"

"什么条件？快说呀！"叶森格伦不高兴地问。

"您还得学会敲钟。"列那煞有介事地说。

"敲钟？"叶森格伦显然有点儿惊讶。

"不错。一个真正的修道士，应该会敲钟的。还好，我们修道院的钟楼里有的是钟，您也有时间来尝试敲钟。"

"好吧，试试看吧。老实说，我没有敲过钟。应该不难吧？"叶森格伦说道。

列那不慌不忙地说："对您来说，倒也算不上一回事。就凭您的聪明、勇敢和力量，肯定能在极短的时间里学会，要是别人就难说了。"

叶森格伦问道："做完这事之后，我就可以成为修道士了，不会再有别的条件了吧？"

列那拍着胸脯说："不会再有了。"

"那就赶快去试吧！"

此时，修道士们要么在田野里散步，要么在小房间里念经，钟楼附近空无一人。列那指着垂到地面上的绳子说："您瞧，好舅舅，只要拉动这些绳子，钟立刻就响了。"

叶森格伦看了一下这些绳子，说："为了保险起见，请帮我把脚系在绳子上，这样绳子就不会滑落了。"

列那心里暗笑，嘴上却说道："真是技高一筹，我怎么就没有想到呢？我这就帮您把两根绳子捆在前脚上，您轮流拉它们，一定会成功的。我在外面给您望风，不让附近的居民来打扰您。"

列那利落地用绳子缚住叶森格伦的两只前脚。可是，无论叶森格伦怎样用力拉绳子，都敲不响钟。由于绳子的反弹，他的身子反而被提到了空中。他惊慌起来，就在他重新回到地面时，一只钟发出了轻微的响声，接着另一只钟也响了，最后所有的钟都响了起来。叶森格伦这不和谐的合奏，声音越来越大，惊动了附近的居民。他们都来到了钟楼前。

这时,列那把头伸进门里,假装急切地喊道:"快,快跑啊,我们会被抓住打死的!"说完,列那就跑得无影无踪了。

而可怜的叶森格伦呢,两只脚被绳子牢牢地绑住,他以为自己准要完蛋。可凑巧的是,绳子崩断了,他从半空中摔下来,这一跤摔得可真惨!叶森格伦死里逃生,来不及喊痛,挣扎着解开脚上的绳子,冲出去,张牙舞爪地准备拼命。

周围的人吃惊地看着这只眼露凶光的秃头狼,不明白他为什么要跑来敲钟。就在人们迟疑的一刹那,叶森格伦冲了出去,地上留下了不少狼毛。

叶森格伦开始清醒过来,对列那深恶痛绝,认为他才是自己痛苦的根源。列那骗他耍他,想要他遭殃,故意让他去冒这个险,而自己却溜之大吉。

叶森格伦满身的伤痛,一瘸一拐地往回走。他发誓要报这个仇。他相信自己一定会有机会的。

白颊鸟梅赏枝识破诡计

春天来了,林中的鸟儿多起来,整天叽叽喳喳地唱个不停。

清早,列那被鸟儿们的歌声吵醒了。晨曦中,他望见一棵高大的柏树上有一个鸟巢,巢里有只白颊鸟,想必是在孵蛋。列那马上有了主意。

他热情地喊道:"早上好,亲爱的梅赏枝太太。一个冬天没见到您,真让人想念。让咱们好好拥抱一下吧。"

白颊鸟对列那的为人一清二楚，毫不客气地说："谢谢你的问候。不过，你对鸟类和其他朋友耍的阴谋诡计，只能证明你是个无恶不作的坏蛋。收起你的伎俩吧，像你这样到处害人骗人捉弄人，谁会相信呢？对不起，请走开。"

列那不甘心，厚着脸皮，亲切地说："尊敬的梅赏枝太太，您没忘记吧，我还是您儿子的干爹呢！尽管您不愿意提及，但毕竟我们建立起了亲戚关系呀。我可是十分珍视这种关系的！还有，最近朝廷宣布了新的命令，狮子国王诺伯勒要求兽类和鸟类应该和睦相处，在他的王国里，停止战争，共享太平。因此，我们之间不应该再有猜疑和恐惧，一切动物，不分大小强弱，都可以安居乐业了。"

听完列那的这番话，梅赏枝说："你的话确实很动人，真是天花乱坠，令人欢欣鼓舞。不过，你还是找别人去行这个拥抱的礼仪吧。我嘛，我知道你的坏心思，才不会上你的当呢。"

列那假装伤心地说："好太太，我知道您警惕性高，可这一回您真的误会我了。怎么才能让您相信我的真诚呢？这样吧，我就闭着眼睛与您拥抱，好不好？"

对列那的诚恳建议，白颊鸟实在不好再拒绝，她想了想说："好吧，既然这样，那我就答应了。请你闭上眼睛，我马上下来。"

列那果真闭上眼，在树底下耐心地等待白颊鸟的拥抱。梅赏枝飞下去的时候，顺便叼了一根带叶的树枝。她用树叶轻轻地碰了碰列那的胡须。列那以为可以抓住白颊鸟，便迅速张嘴一咬，没想到，咬到的却是满嘴的树叶。

他睁开眼睛，白颊鸟站在不远处的枝头上，笑着说："列那，这就是你的真诚？真是好笑，我早就知道你的发誓只不过是一场表演而已。"

狡猾的列那也笑着说："亲爱的太太，您知道，我是个爱开玩笑的人，刚才是在跟您开玩笑呢。来吧，让我们重新开始，这次可要正正经经地行拥抱礼了。"

梅赏枝爽快地说："那好，请先闭上你的眼睛。"

列那以为她从对面飞来，聪明的白颊鸟却从侧面来了。列那狠狠地向前咬去，结果又落了个空。

梅赏枝赶紧飞上高高的枝头，哈哈大笑："列那，还有什么表演？你这只满嘴谎话、居心叵测的狐狸，要让我相信你，除非太阳从西边升起！"

列那反驳说："我才不是您想象中的那种人呢！您这样不顾亲戚关系乱猜忌，我就是要罚您一次。好了，一切都过去了。俗话说，事不过三，就让我们再试一回吧。您也不要再疑神疑鬼、胡思乱想了。毕竟，我还是您儿子的干爹。听，是我干儿子在巢里叫吧！别再怀疑了，为了巩固我们的友谊，请您一定要相信我！"

白颊鸟安稳地站在树枝上，丝毫不为列那的花言巧语所动。她可不是蠢笨的大灰狼叶森格伦，她太了解这个邻居了。

此时，一队猎人带着一群猎狗从那儿经过，远远地就看见一片绿色中站着一只棕红色狐狸。很快，喇叭响成一片，猎人飞奔而来。

眼看要大祸临头了，列那不敢耽搁，连忙逃走。

梅赏枝故意在后面大喊："列那，我相信你了，请等一下。为什么这么急着走啊？你不是说战争已经彻底停止，大家都和睦相处了吗？"

列那一边跑一边说："梅赏枝太太，这些猎人可能还没有看到和平条约，那些猎狗也太年轻，还没来得及听父母解释和平条约的内容。"

"哎，孩子他干爹，回来吧，现在我答应和你行拥抱礼啦。"梅赏枝嘴上喊着，心里乐开了花。

列那气喘吁吁地远远答道："对不起，我现在没空，下次再找您。"

列那一路狂奔，不料就在他以为脱离危险之际，却撞上一位修道士，更可怕的是，修道士的手里还牵着两条大狗。列那腹背受敌，情况不妙。

后面追来的猎人远远地大声喊道："快放开你的狗，抓狐狸！"

情急之中，列那有了主意。他向修道士彬彬有礼地说："修道的朋友，我看您是一个信守戒律的修道士。看在上帝的面上，请不要为难我。我正和后面那些猎狗的主人打赌，谁跑得快，谁就可以得到一大笔赌金。您看我就要赢了，他们正想尽一切办法阻止我。请您不要破坏比赛，损害他人，否则，岂不违反了戒律？"

修道士听完让开了路，说："加油跑吧！愿上帝保佑你！"

列那谢过修道士，向远处跑去。列那跳进前边的荆棘丛，猎人们找不到他的踪迹。荆棘刺破了列那的皮，他忍着伤痛，继续前行。他想离可怕的敌人越远，就越安全。

乌鸦田斯令丢了奶酪

列那拖着被荆棘刺破多处的身体,来到了一条小河边。他跳进清清的河水里,洗去了身上的斑斑血迹。为了使周身早点干燥,他在岸边的草地上滚来滚去,觉得轻松多了。要不是肚子"咕咕"直响,他真想在如茵的绿草地上打个盹。他得去找点儿东西充饥。

河边的槐树上,一只名叫田斯令的乌鸦正四处张望。不远处的一家院子里,一位农妇在晾晒奶酪。浓浓的香味不断飘来,他立即朝那儿飞过去。

田斯令在奶酪的上空盘旋着,没敢落下。农妇抬头看见他,皱了皱眉头,并没有在意,就进了屋子。田斯令立即扇动翅膀冲下去,抓走了一块。

农妇从屋子里出来,看到这一幕,气愤地骂道:"该死的小偷、无赖,快放下我的奶酪!"她捡起石子用力向乌鸦扔去,可是白费力气。田斯令紧紧抓着食物,对农妇说:"真是小气!你有那么多的奶酪,送我一块又算什么,用得着那样拼命吗?我劝你还是当心那些贪吃的狼吧,他们的胃口可比我要大多了。"

田斯令飞落到一棵山毛榉树上,停下来开始享用他的美味大餐。他用坚硬的喙来啄食奶酪,利索地剥去了一层香脆的表皮,几块碎屑掉了下去。

列那正在树下转悠，埋头寻找食物。从天而降的奶酪碎屑让他知道上面有什么好吃的。他抬头看见躲在枝叶间吃着奶酪的田斯令，心里有了主意。

列那向上大声喊道："哎呀，田斯令，我尊敬的歌唱家，真高兴遇见了你。你父亲的歌声让我永生难忘。兴许是家学渊源，你小的时候就会唱歌，现在嗓子还是那么好吗？我喜欢音乐，你愿意为我唱一支歌吗？你的歌声，一定能让我忘记一切烦恼。"

听到列那的夸奖，田斯令忘了过去一直被人咒骂过的嗓门，禁不住兴奋地哇哇叫了几声。

"真棒，进步好快呀！不过，要是声音大些就更叫人着迷了。那将会是天下最动听的一首歌曲！"列那鼓励道。

田斯令的虚荣心膨胀起来，真的相信自己是一位歌唱的天才。他拼命地张大嘴巴，使出浑身的力气，发出了一个高音。在列那的怂恿下，田斯令更兴奋了，扬起脖子，抖动着身体，尽力发出"哇哇"的高音。他全力去唱歌，脚爪一松，只吃了几口的大块奶酪掉了下去，正好落在列那的脚边。

列那并没有急着去吃奶酪，而是站起来，一瘸一拐地走了几步，装出要离开的样子。他抱怨说："唉，真是倒霉！我本想在树下休养一下受伤的脚，却不知从哪里飞下来一个臭烘烘的东西，熏得实在叫人难受。我的脚伤得厉害，你能下来帮忙把它挪开吗？刚才听到你美妙的歌声，使我一时忘记了疼痛。现在，怕是难以继续欣赏你美妙的歌声了。"

田斯令哪里舍得放弃他的奶酪，听列那这么一说，马上就飞了下来。不过，他在地面上相当警惕，瞪着一旁的列那，不敢随便往前走。他知道列那是只爱吃鸟类的狐狸。

列那极尽温柔地说："亲爱的歌唱家，你瞧，我的脚爪受伤了，你完全不用怕。而且你又是我崇拜的人，我怎么会伤害你呢？"

"我不是害怕。"田斯令谨慎地朝前挪了两小步。

心急的列那再也等不及了，纵身向田斯令扑过去。乌鸦离他还有些距离，反应也快，立马飞了起来，总算逃过一劫，不过尾巴上还是丢下了几根羽毛。回到枝头，他气愤地骂道："你这个尖嘴的臭狐狸，阴险卑鄙、毫无信用的家伙，我多么愚蠢啊，竟然被你的花言巧语所迷惑，险些相信了你！"

列那装出很后悔的样子，还挤出了一滴眼泪，请求乌鸦原谅他的鲁莽，并坚持说自己绝对不会吃奶酪，请田斯令一定把它拿回去。

"列那，这块奶酪就留给你吧，想把我当作你的午餐，别再痴心妄想了！收起你那假惺惺的泪水吧，我再也不会上你的当了。"

列那耸耸肩膀说："去你的吧，丑乌鸦！哈哈，这块奶酪很不错，我还从来没有吃过这么香的小点心呢！谢谢你的礼物，嘻嘻！"

田斯令气得火冒三丈，不想再搭理狐狸，头也不回地飞走了。

列那开始吃午餐。唉，奶酪就是太素了点，要是有乌鸦肉和嫩骨头，也不失为一顿美餐啊！今天真倒霉，又一只鸟从嘴边飞走了。